范丹问佛

敬穷神

百鸟衣

同路青年

三个聪明兄弟

巧媳妇

樵 哥

叶 限

中国民间故事

下

刘守华　陈丽梅 主编

长江出版传媒　长江文艺出版社

目 录

范丹问佛	1
寻找太阳头发的小孩	6
炸海干	14
敬穷神	23
梦神仙	31
一钱发家	38
百鸟衣	43
张百中	48
蝴蝶泉	53
包白菜姑娘	60
聪明的姑娘	62
同路青年	68

兄弟分家	73
三句话	80
两老友	84
三个聪明兄弟	93
忘干哥	96
当"良心"	100
国王和放屁的儿媳妇	109
巧媳妇	113
种金子	121
枣核	123
绿豆雀和象	127
小鸡崽报仇	129
蚂蚁虫拉倒泰子山	135
屋漏	139

樵哥	143
白水素女（田螺姑娘）	148
叶限（灰姑娘）	151

范丹问佛

(河南)

从前,有个孩子名叫范丹。他爹娘过世了,地没留一垄,椽子没留一根,范丹住庙里,靠要饭过日子。

范丹二十岁那年,发生一件稀罕事:他把要来的米往升子里倒,升子就是不会满。

一天,范丹躺着歇息,眯着眼,还没睡着,只见一只白老鼠来偷米吃。他抓住老鼠就要摔死,忽听老鼠说:"范丹,你不要摔死我!"

范丹一听老鼠会说话,很奇怪,就问:"你为啥偷吃我的米?"

老鼠说:"是佛爷让我来偷吃的。"

范丹问:"财主的大仓里多得很,为啥偏来偷吃我的?"

老鼠说:"你命里只有八合米,不能让你积满升。"

范丹问:"谁说的?"

老鼠说:"佛爷。"

范丹问:"为啥?"

老鼠说:"你问佛爷去。"

范丹问:"佛爷在哪里?"

老鼠说:"要蹚七七四十九道河,要翻九九八十一架山,佛爷就在西天边。"

范丹决心到西天去问佛爷,第二天就动身,一直往西走。他白天顶着日头,晚上伴着月亮,走呀,走呀,不知熬过了多少个日夜。

这一天,范丹赶了一天路,不见一个村庄,没处要饭,饿得头晕眼花。黄昏时,看到一户人家。他趔趔趄趄走到这家人门口,眼一黑,栽倒了。范丹醒来,一个老头儿端碗米粥在他身旁站着。范丹把米粥吃下去,头也不晕了,眼也不花了。

老头儿问:"小伙子,你是干啥去的?"

范丹说:"佛爷说,我命里只有八合米,不能让我积满升。我要去西天问问佛爷,这是为啥。"

"上西天可不容易呀,你还是回去吧!"

"不,我决心下定了,非去不可!"

"你一定要去,托你问一件事:我女儿今年十八岁了,还不会说话。问问佛爷是咋啦。"

"我一定替你问问。"

老头儿留范丹住了一宿。第二天范丹临走时,老头儿送他一袋干粮,说:"带着路上吃吧。"

范丹谢过老头儿,又一直往西走。他蹚过道道河,翻过架架山,不知熬过了多少个日夜。又一天,范丹走累了,拐到一个土地庙里歇息。他刚进庙门,土地就问:"你是干啥去的?"

范丹说:"佛爷说,我命里只有八合米,不能让我积满升。我要去西天问问佛爷,这是为啥。"

"去西天可不容易呀,你还是回去吧!"

"不，我决心下定了，一定要去！"

"你一定要去，托你问一件事：我当土地千年了，还不能上天，问问佛爷是因为啥。"

"我一定替你问问。"

范丹起身要走，土地说："前面有条通天河，过了通天河就到了西天。这通天河可不是好过的，就看你最后的决心啦！"

范丹谢过土地，又往西走。走哇走，一条大河拦住了去路。范丹想：这就是通天河吧，最后一道难关，死活也要过去！范丹要凫水渡河，纵身跳进河里，恰好落在一只大老鳖的盖上。原来这只老鳖是来驮他过河的。

老鳖问："你是过河去求佛的吧？"

范丹说："是呀。"

"为啥求佛哇？"

"佛爷说，我命里只有八合米，不能让我积满升。我要去西天问问佛爷，这是为啥。"

"见了佛爷，托你问一件事：我在这里修炼千年了，还不能成龙，问问佛爷是因为啥。"

"我一定替你问问。"

老鳖把范丹驮过了通天河。范丹谢过老鳖，来到了佛爷的宝殿。佛爷盘脚坐在那里问他："范丹，我知道你来问事，是问自己的事，还是问别人的事？"

范丹说："问自己的事，也问别人的事。"

佛爷说："问自己的事，就不能问别人的事；问别人的事，就不能问自己的事。你是问自己的事，还是问别人的事呢？"

范丹一听很作难：问自己的事吧，别人托问的事都答应了，咋能不守信用呢？问别人的事吧，自己受苦受累，跑来为的啥呢？他想了又想，最后下了决心：不能不守信用，任凭自己的事不问，也要问问别人的事。他说："我问别人的事。"

佛爷点点头。范丹把救命的老头儿、指路的土地和驮他过河的老鳖的事，向佛爷说了一遍。佛爷回答了他问的三件事，范丹便往回走。

范丹走到通天河边，正在等他的老鳖问："我托你问的事问了吧？"

"问了。"

"我为啥不能成龙呢？"

"佛爷说，你身上带着避水珠、避火珠、避风珠，都是为了保全自己性命，为别人办不了大事，所以不能成龙。"

老鳖点点头，忙把范丹驮过河。它一张嘴，把三颗宝珠吐了出来，说："劳你替我问了佛爷，送给你吧。"老鳖马上变成一条龙，飞上了天。

范丹走到土地庙里，土地问："我托你问的事问了吧？"

"问了。"

"我为啥不能上天呢？"

"佛爷说，你太贪财，身后埋着一罐金子。把金子送给别人，就能上天了。"

土地让范丹把金子扒出来，说："劳你替我问了佛爷，送给你吧！"说罢，上天去了。

范丹走到老头儿住的地方，老头儿和他的哑巴闺女正在村边等着。离老远，哑巴闺女就望见了范丹，大声说："爹，他回来啦！"喊完又往家跑，给她妈报信去了。

范丹见了老头儿就说："您托我问的事问了。"

"我女儿为啥十八岁了还不会说话？"

"佛爷说,她见了自己丈夫就会说话了。"

"那我就把女儿许配给你。她刚才看见你,就会说话了!"

"是真的吗?"

"真的。"

"可我是个要饭花子,不配做你的女婿。"

"你有志气,诚实可靠。我一定要把女儿许配给你!"说着,就拉范丹往家走,"今天就是个好日子,你俩成亲吧!"

讲述:马宗芳

采录整理:张楚北

选自《中国民间故事集成·河南卷》

寻找太阳头发的小孩

(云南·傈僳族)

从前,有一个土官,爱吃新鲜的野物。他虽然是一个土官,但从小学会了狩猎,精通射箭的技艺。

一天,他带着干粮,一个人到山里寻找野兽。他发现了一只麂子,立即拉开弩弓,射出一支利箭,正中那只麂子。但麂子却带着箭跑了,他循着脚印追去。眼看快追上了,麂子又往前跑,始终追不上。天快要黑了,他想,今晚没法追上麂子,明天再来寻找它吧,就转回家来。

第二天黎明,他又带着干粮,背着弩箭,上山寻找昨日射伤的麂子。他顺着脚印寻找,远远地看到了麂子,但追了一天,还是捉不着它。

天晚了,他来不及回家,便沿着小路找到一个寨子,准备借宿一夜。他到了一户快要生小孩的农民家里,说明了来意,主人家同意了。但住在屋子里不方便,就安排他到装粮食的竹楼里睡觉。这一夜,因为有产妇分娩,整夜都有人出出进进,使他无法安睡。半夜里,农妇生下一个男孩。主人高兴极了,请来寨子里最年老的长者为小孩祝福。长者祝小孩吉祥平安，快快长大，并祝他成年后升官发财，生活美满。

土官在竹楼上听到这番祝词，心里惴惴不安。他想，如果这个老人的祝词实现，将来孩子长大了，一定要来争夺自己的官位。他越想越不对头，好像自己的土官职位已经被这个小孩夺去了一样。于是他打定主意要杀掉这家母子，除掉后患。天快亮时，等前来探望、祝福的亲戚朋友都回家去了，便趁机摸到产妇住的房间里，只听产妇睡得正熟，就对准鼾声砍去，结果了这个母亲的生命。他去摸婴儿，准备砍他一刀，但怎么也找不到婴儿，只好悄悄回到竹楼上假装酣睡。

天明以后，主人家大叫大喊，放声痛哭："我家妇人被人杀死了，娃娃咋养得活呀！"土官也起来跟着叫喊："昨夜有一个老人来，莫不是那个老人杀了她？"土官这时才弄清楚，原来婴儿昨晚被他父亲抱走了。

刚生下的婴儿就失掉了母亲，嗷嗷待哺，实在可怜。主人心里难过极了，急得不知该怎么办。土官为了斩草除根，又心生一计，向主人提出："你家养活不了小孩，我愿意抚养他，等他长大后，请你来认领。"主人心想，自己养活不了小孩，这倒是个好办法，忙向土官说："你能养活我的娃娃，那十分谢谢你了！"说着，就把小孩交给了土官。

土官得到了小孩，再也不寻找麂子了。他把小孩带回家，把事情告诉了老婆。两人商量把婴孩丢进江里活活淹死。他们做了一口小棺材，把婴孩放进里面，然后丢进大江里。他们以为用不着杀他，他也自然会淹死的。

江的下游，恰好住着一户农民。夫妇俩结婚多年却没有孩子。这一天，他们到江边种地，突然发现有个箱子远远地从江上漂游下来，漂到了他们身旁。夫妇俩跳到江里把它捞起，抬着回家来。男的用砍刀砍开箱子一看，里面有一个婴儿。他俩把孩子抱出来，精心地护理着孩子。

孩子一天天长大，很快就会走路，会说话了。孩子十分懂事，长到十岁，不仅会帮助爸爸妈妈扫地背水，还能跟着村里的小孩到山上找柴，又活泼，又勤劳。夫妇俩更加疼爱孩子，好的让他吃、让他穿。小孩如鱼得水，欢乐地成长。

一天傍晚，他们家突然来了一个猎人，因为天黑回不了家，就在他们家住下了。夜晚主客在火塘边闲谈，主人才知道客人是附近的土官。客人问主人有几个孩子，主人如实地告诉客人："我没有孩子，现在的孩子还是十年前从江里捞起来的。"土官一听，十分惊奇，心想，这个小孩难道是我丢下江里的那个婴孩？他回想十年前的情景，算算年月恰巧相同，越想越着急，下决心杀死这个孩子。他想了一个毒计，对主人说："我还要继续打猎，一时回不了家，怕家里的人着急，想带封信回去，我家离这里也不远，请你的孩子把信送去吧。"主人不敢得罪土官，就答应让孩子第二天帮他送信。

第二天，小孩走到了半路，突然昏倒在路边。这时来了一个满头银发的老爷爷，看见小孩躺在路边，就过去把他扶起来，在他胸口摸了三下，小孩慢慢苏醒过来了。老爷爷问他："孩子，你为什么睡在路边？你要到什么地方去？"小孩回答说："我家来了一个猎人，一时回不了家，我爹叫我帮他送一封家信。我走到这里，不知怎么就昏倒了。"

"你带的信在哪里？"小孩从口袋里把信摸出来递给老爷爷。老人一看非常惊异，信上说："小孩把信送到家里，就把他杀掉。"为了挽救小孩的生命，老人就把土官信上的这句话改为："小孩把信送到家后，就让我的姑娘和他定亲。"

说也奇怪，小孩没吃什么药，身体很快就恢复了。他谢别了老爷爷，带着信到了土官家里。他递交了信件，管家看了信后，转达了土官来信的内容。家里的人都莫名其妙，但谁也不敢违抗土官的命令，于是立即大宴宾客，土官姑娘与送信的小孩定了亲。

不久，土官回来了，看见送信的小孩还活着，知道家里人把他的姑娘许给了小孩，气得话都说不出来。他大骂是谁干的。管家告诉他："我们哪敢违抗你的话呢？是依照你信上的吩咐，才把你的姑娘许给小孩的。""我的信没有这样写呀！"管家只好把信拿给他看，他看了信后也感到莫名其妙了，信上的确是这样写的，笔锋一点也不错，是他的亲笔字。土官无话可说，他的诡计又失败了。

一计不成，又生一计。一天，土官对小孩说："你要做我的女婿可以，但你必须到太阳那里找回它的三根头发来。如果做不到这件事，我就杀死你！"他盘算太阳头发是找不到的，小孩出去寻找，不在山上饿死，就会被野兽吃掉。小孩没法，只有服从土官的命令。临走时，土官给了他三块粟米粑粑，作为路上的食物。

小孩怀揣粑粑，手拄木棍，走啊走啊，不是上坡就是下坡，一直往太阳落山的地方走去。他以为太阳就在山那边了，但翻过一山，又是一山，山外有山，无穷无尽，哪里追得上太阳呢？

一天，他来到一条大江边。划船的是一位百岁老人。他站在江边远远地向对岸高声喊叫："老爷爷，请你划船过来渡渡我。"老人把船划过来，问他说："孩子，你要到哪里去？去做什么？"小孩回答说："土官叫我找回太阳的三根头发，找不回来就要杀死我。我不知道该走哪条路，到哪里去寻找太阳的头发！"老人说："太阳住在很远很远的天边，你只要一直朝西方走，就可以找到。请你帮我问问太阳，我已经老了，没有精神再继续划船了，究竟怎么办？"小孩满口答应，过了江后谢别老人，继续赶路。

小孩朝西方走去，越走越远，到了一个寨子里。只见全寨子的男女老少都聚在一个地方吵嚷着，原来他们为没有水吃而发愁，有的人急得哭了起来。他们见来了一个外乡人，就问他："孩子，你要到哪里去？做什么事情？"小孩回答说："土官叫我找回太阳的三根头发，找不回来就要杀死我。我不知道该走哪条路，到哪里去寻找太阳的头发。"他们对孩子说："太阳住在很远很远的天边，只要一直朝着西方走，就可以找到。请你帮我们问问太阳，我们寨子过去水很多，不知道什么原因，现在寨子里突然没有水了，要走一天路程去背水，以后我们怎么办？"小孩满口答应，告别大伙，继续赶路。

小孩继续朝西方走去，越走越远，又来到一个寨子。只见全寨子的人都聚在一起哭，小孩挤进人群打听发生了什么事情。乡亲们见来了一个陌生人，就问他："你来做什么？要到哪里去？"小孩回答说："土官叫我找回太阳的三根头发，找不回来就要杀死我。我知道路很远，可不知道该走哪条路，到哪里去寻找太阳的头发。"乡亲们对他说："太阳住在很远很远的天边，只要一直朝着西方走，就可以找到。请你帮我们问问太阳，我们这个寨子全靠种梨为生，前几年梨树每月结一次果，果实累累。不知道什么原因，现在不结果了，人们生活不下去了，全寨的人都在饿肚子，应该怎么办？"小孩满口答应，告别乡亲们，继续赶路。

小孩带的粟米粑粑吃完了，还是没有找到太阳居住的地方。他继续往前走，不知穿过了多少密林，翻过了多少高山，越过了多少山沟。一天看见前面有一幢房子。他进屋一看，只见坐着一个头发雪白的老婆婆。她见生人进来，便问："你来做什么？"小孩恭恭敬敬地回答说："老奶奶，我是土官派来找太阳的，他要我取回太阳的三根头发，否则就要杀死我。我不知道到哪里去寻找太阳，请您告诉我。"老婆婆听了笑笑说："孩子，你放心吧！你不要走了，就住在这里。今天夜里有熊、狼、虎、豹来我这里做客，到时候从它们的闲谈中你就会听到你想知道的事了。但是你千万不要睡着了，要仔细地听。"小孩说："只要能找到太阳，怎么样都可以。"于是老婆婆就把他安排在一个大箱子里，用一把锁锁起来。

果然没过多久，野兽们陆续来了。小孩仔细地听着，那些野兽在闲谈中讲到划船老人的事。一个说："那个老人有一百岁了，划不动船了，该怎么办？"另一个回答说："这好办，如果对岸有人喊他划船过来，他可以回答说，'我老了，划不动了，你自己来划吧！'然后把船推进江里，就可以回家了。"

闲谈到那个寨子没有水吃，那是因为水源处堵着一条大蟒，只要杀掉大蟒，把它拉出来，水就流出来了。又闲谈到那个寨子的梨树不结果子，那是因为一家富人把两罐银子埋在一棵梨树底下，只要把那两罐银子挖出来分给全寨的人，梨树就会结果子了。

天亮了，"客人"都走了，老婆婆打开箱子让小孩出来，问他昨夜听清了没有，小孩假装说没有听着。老婆婆立即发起脾气来，还要咬他，吓得小孩连忙老实说："我已经听清了，他们讲的话，我都记得了。"老婆婆这才笑着说："只要你记住就可以了。"

过了不一会儿，突然从外面飞进一个美丽的姑娘来。姑娘身长翅膀，金色的头发长长的，闪闪发光，照得满屋通明透亮。她一进来就问老婆婆："妈妈，我闻着生人的气味，是谁在这里？"老婆婆连忙说："孩子，没有人在这里，你赶快睡吧！"姑娘没有再追问就睡了。等她睡熟的时候，老婆婆蹑手蹑脚地走到她身边，轻轻拔下了她的三根头发。姑娘惊叫起来，问是什么东西叮着她。老婆婆忙说："没有什么东西叮你，快睡吧，孩子！"一会儿姑娘又睡着了。老婆婆把姑娘的头发放在一个金盒子里交给小孩，并嘱咐他说："你把这盒子交给派你来的那个土官就行了。"小孩感激地向老婆婆告辞："老奶奶，谢谢您，我走了!"

小孩顺着原来的路往回走,来到梨树寨里。乡亲们问他:"你找到太阳了吗?帮我们问了没有?"小孩说:"我没有找到太阳,但我在一个老婆婆家里听到了你们寨子梨树不结果的事。他们说,你们寨子里有一家富人把两罐银子埋在一棵梨树底下,只要你们把这两罐银子挖出来分给全寨的人,你们的梨树就会结果子了。"乡亲们按他说的去做,果然挖出两罐银子来。全寨人刚刚分了银子,立即又吃上了香甜的梨子。大家非常感激小孩,不让他回家,纷纷邀请他去做客,还送他礼物,但都被他婉言谢绝了。大家只好依依不舍地把他送出寨子。

小孩继续往前走,到了没有水吃的那个寨子。乡亲们问他:"你找到太阳了吗?帮我们问了没有?"小孩回答说:"我没有找到太阳,但我在一个老婆婆家里听到了你们寨子没有水吃的事。他们说,有一条大蟒堵塞了水源,只要把大蟒杀了,把它拉出来,水就出来了。"乡亲们按照小孩说的去做,果然水就涌出来了。大家高兴极了,不让他回家,邀请他去做客,还送他礼物,也都被他婉言谢绝了。大家只好欢欢喜喜地把他送出寨子。

小孩继续向前走,一口气跑到江边。划船老人看到小孩回来了,忙问他:"你找到太阳了吗?帮我问了没有?"小孩回答说:"我没有找到太阳,但我在一个老婆婆家里听到了关于你划船的事。"小孩说到这里突然忍住了,他生怕说了以后老人不给他划船,直到过江以后才继续对老人说:"我听见他们说,以后如对岸有人喊你划船,你就说:我老了,划不动了,你自己来划吧!然后你把船丢下,就可以回家了。"老人听了十分高兴,送他礼物,被他婉言谢绝了。他告辞老人,继续赶路。

小孩克服了饥饿和劳累,终于带着金盒子回到了土官那里。土官以为小孩早已死了，现在突然回来，并交给他一个金盒子，打开一看，惊得他目瞪口呆。原来金盒子里果真装着三根闪闪发光的金色头发。这太阳的头发是最贵重的宝贝，据说谁能亲自找到，谁就能长命百岁，享受荣华富贵。土官想，我原来以为寻找太阳的头发是很难的，现在一个小孩居然能够找到。我是一个土官，寻找太阳的头发就更容易了，我要亲自去找太阳的头发。于是他准备了干粮，第二天早早地就起床上路了。他来到江边，远远看见划船老人在对岸，便大声叫喊："喂，老头子，快把船划过来，渡我过江。"他以为像往常一样，只要他站在江边一喊，船夫马上就会过来。不料这次船夫理都不理他。他喊了又喊，最后老人高声回答他说："我年纪大了，划不动了，你自己来划吧！"说完，丢下划船工具，把船推进江里，回家去了。

  土官气得要死，如果老头在他身边，真要打他几下，现在隔着一条江，对他无可奈何，只好自己划船。说也奇怪，那条船居然漂过来了。他过了江后，正想离开，岸上有人叫喊："划船过来，渡人呐！"他一看是个带刀的武官，一脸凶相，看看周围没有别人，只好自己渡他过江。当他把那人渡过江，又回过来正想离开时，岸上又有人叫喊渡人呐。土官抬头一看，仍是这个一脸凶相的武官，十分奇怪，只得再划一次。就这样，他不停地划船渡人，再也想不起寻找太阳头发的事了。从此，他天天在江里划来划去，变成了一个普通的船夫。

讲述：和大光
采录整理：祝发清、尚允豪
选自《山茶》

炸海干

（辽宁·满族）

有个叫色力保的打柴小伙儿，住在海边的一个山根儿底下，家中只有娘俩过活。他每天头晌上山打一担柴，卖了买米吃；下晌打一担柴，留下自家烧。一天，色力保在山上打柴，从蘖萝树①里捡到一个小黄石头蛋，滴溜溜圆，可华堂②啦。色力保把小石头蛋揣回家，放到挂在房檐底下的旧靰鞡窠里。天天打柴回来，他都拿出来看一看，玩一会儿。他觉得这个小石头蛋可是太招人稀罕了。

一天，从南边来了两个取宝人，一个老的，一个小的，走到色力保家门前，老的不错眼珠地往院里瞅房檐下的那双靰鞡。色力保他讷讷③迎出门说："不知哪方来的老客，走累了，屋里歇一会儿？"老的说："谢谢了，不进屋了，老太太，你这双靰鞡卖不卖？"色力保他讷讷说："那是俺小子穿过的旧靰鞡，你买它有什么用？"老的说："靰鞡窠里不

---

① 蘖萝树：栎树。
② 华堂：好看。
③ 讷讷：满语，妈妈之意。

是有个小石头蛋吗？俺买它留着玩，你卖了吧，要多少钱给多少钱。"老太太一听，人家这是有钱没地方花了，一个小石头蛋还能任你要价。她半信半疑地狠狠心说："那你就给一百两银子吧！"老的当真拿出一百两银子，伸手掏出靰鞡窠里的那个小石头蛋，领着小的就走了。

老太太拿一个小石头蛋换一百两银子，乐颠馅儿了。穷啊，这回可有钱买粮米啦！

色力保打柴回来，伸手去靰鞡窠里一摸，急忙问："讷讷，石头蛋呢？"讷讷说："叫我卖了，还挺值钱，卖了一百两银子，你看……"说着，她拿出那一百两银子给色力保看。色力保看着银子，不高兴地说："谁叫你卖了，我还没稀罕够呢！"说完，他拿起银子，撒腿就去撵。

色力保一边撵，一边想：一个小石头蛋，给这么多钱，里面准保有故故纽儿①。他紧走慢走，撵上了两个取宝人，悄手蹑脚地跟在后面。只听小的说："师傅，你给那么多银钱，买它有什么用？"老的说："徒弟，你可不知道，这是件宝贝，叫炸海干，往海里一扔，海水就能炸干。"他俩的话色力保全听到了。他几步蹿到前面，拦住两个取宝人，说："谁让你们把我的小石头蛋买去了，再给一百两银子，我也不卖。"说着，他圆瞪着眼，装成气势汹汹的样子，把银子往老的手里一塞。老的一看害怕了，只好把那个小石头蛋掏出来还给了色力保。

第二天早晨，色力保让讷讷缝了个小口袋，打一条长长的线，穿在口袋嘴上。他把小石头蛋放在口袋里，往怀里一揣，说："讷讷，家里的粮米还够你吃三天两日的，我出趟门。"

色力保走道儿带小跑，不到晌午到了海边。他拿出小口袋，手扯着

---

① 故故纽儿：原因。

绳的一头用劲一甩，把小口袋甩到海里。他要看看炸海干到底能不能把海水炸干。果然，只见海水刷刷地往下落，眼瞅着水晶宫要晒太阳了。这时海里钻出一个巡海夜叉，把手一摆，说："老弟啊，快把宝贝收回去，龙王有请！"色力保一拨弄绳子，把小口袋收回去揣在腰里，海水又呼呼上来了。巡海夜叉说："来来来，我领着你！"色力保寻思，这么深的海水进去还不得淹死。巡海夜叉说："不要紧，我手里拿着避水珠！"色力保跟着巡海夜叉走进海里，只见眼前是一条通亮的大道，顺着大道走去，前面出现一座大宅院，青堂瓦舍，华堂极了。巡海夜叉来到门前，一声通报："客人请来了！"这时，只见龙王爷拄着龙头拐杖，满脸赔笑，出来迎接。进屋后，龙王爷命令摆下酒席。在酒席宴上，龙王爷说："小伙子，在这多住些日子吧，水晶宫前前后后你都溜达溜达，看什么好，你就带回去。"

水晶宫真是富丽堂皇，鱼皮被、龙虾衣、珍珠首饰、珊瑚座椅，应有尽有。色力保看了个够。第三天早饭后，忽然从外面跑进来一群小叭儿狗，脖子上个个戴着串铃，抬起脑瓜，龙头虎眼地瞅着他。瞅了一气，又都扭身往外走了。一个、两个……色力保心里数着，一共是七个。前六个走出门槛了，只剩下最小的小叭儿狗。它站下对色力保说："你往回走，什么也别要，就要我。"色力保想，这玩意可就怪啦，还会说话。

第四天早饭后，色力保对龙王爷说："我家中还有老母亲需要照顾，不便多住了。"龙王爷见小伙子要走，说："这几天你看好什么东西没有？看好就拿着吧！"色力保想了一想，说："也没什么可拿的，我想要那最小的小叭儿狗！"龙王爷一听要最小的小叭儿狗，把脑袋低下，过了好大一会儿才说："也罢，我就给你吧！"你猜这最小的小叭儿狗是什么？原来是龙王爷的第七个姑娘，龙王爷爱如掌上明珠。那天，姐儿七个听说凡间来了人，她们要见识见识人是什么模样，特意变成小叭儿狗。小叭儿狗听到龙王爷传话，又排成一队，脖子上的串铃哗哗直响，一齐来到龙庭。龙王爷对最小的小叭儿狗说："这打柴的小伙儿要走了，他什么也不要，就要你，你就跟他去吧。"说着他的眼圈红了。

巡海夜叉把色力保送出海。色力保在前面走，小叭儿狗在他身后紧跟着。回到家，他讷讷一见，不乐意了："咱家本来没有吃的，你还领条狗，咱不能喂它。"色力保没听讷讷的话。

自从小叭儿狗来了后，色力保的日子过得可就有趣了，每天上山打柴，小叭儿狗都把他送出大门外叫几声；从山上打柴回来，它又迎出大门外尾巴摇几下。一有空儿，他把它抱在怀里，晚上睡觉搂在被窝里。他每顿都少吃一点儿饭，留给小狗。他讷讷见儿子心疼狗，一点点饿瘦了，怎么劝也不行，气得自己到娘家串门子去了。

家里只剩下小叭儿狗了，它瞅瞅没人，把皮一脱，扔在炕上，就做起饭来。不一会儿，热气腾腾地摆满了一桌。色力保打柴回来，把柴火放在院子里。小叭儿狗听到外面有声响，麻溜儿把皮披上。色力保进屋一看，这么好的饭菜，是谁给送的呢？反正也饿了，自己家炕上摆的东西，吃了没乱子。吃！色力保吃饱了，又上山打柴去了。小叭儿狗见色力保不在家了，又脱下狗皮，收拾桌子，洗碗洗筷子。一连三天，色力保天天回来吃热气腾腾的饭菜，天天家里收拾得利利索索。

到了第四天，色力保从家门出去偷偷转到房后，把后窗纸舔破，往屋里一看，见小叭儿狗把皮一脱，扔到蔓字炕①上，变成了一个挺俊的大姑娘，插上房门，干起活儿来。色力保乐坏了，他从后院儿三步两步

---

① 蔓字炕：又称万字炕。满族居室内连接南北两炕的烟道。

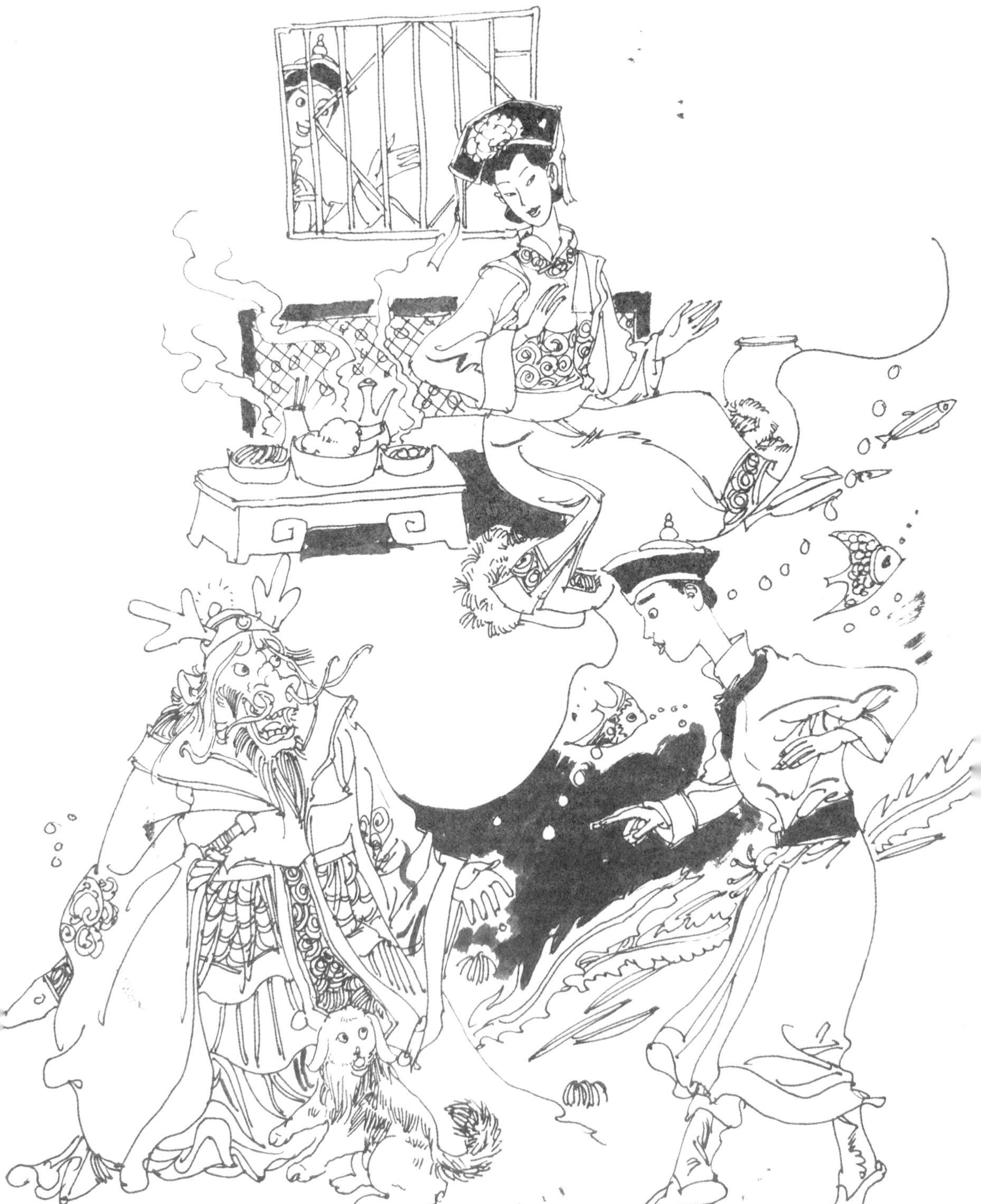

跑到前院儿，一脚把门踢开，进屋直奔炕边，一把将小狗皮抢到手。姑娘愣住了，两只大眼睛一个劲儿瞅着他，也不知说什么好。色力保说："我说这几天饭菜是谁弄的，你放着人不做偏披狗皮，这算怎么回事？"说着把狗皮锁在了柜子里。

龙王爷的七姑娘在龙宫里叫色力保什么也不要，就要她，本就是看中了这个打柴的小伙儿。她来到色力保家住了这几天，越发觉得这小伙儿勤快，心眼儿好，就决意跟他过日子。这天晚上，七姑娘拔出头上的银扁簪在地上划起来，房子、碾子、磨、家什、鸡鸭鹅狗样样俱全。色力保睡到鸡叫，睁眼一看，眼前是敞亮亮的大屋，走出屋，院子也变样儿了。这是谁的家呢？七姑娘说："这就是咱的家。"

一天，一个王爷骑在一匹大马上，领着好几百随兵，从色力保家跟前路过。见到这房子和院落，知道是日子过得不错的人家，就传令说："我要在这歇歇脚。"

王爷下马进了院，色力保两口子出来迎接。王爷一看这媳妇真是太俊了，眉毛、眼睛、鼻子、嘴，没有一处不好看，就起了歹心，对色力保说："我晌午要在你这打尖，吃面条子，要是你没准备好，吃不上，你的媳妇就得给我当包衣①。"色力保一看日影，眼瞅到正午了，几百号人的饭，哪能做好？他愁丧个脸回到屋里。七姑娘满不在乎地说："那还难哪？你去炸海，到龙宫里跟我父王把宝盅借来，不就妥了？"

色力保听了姑娘的话，就到龙宫里借来了宝盅。宝盅只有喝酒的酒盅那么大，七姑娘把一捏荞面放里面，用水和好，搓成一小条一小条的面条下到锅里，用筷子一搅和，转眼就是满满一大锅。王爷到锅边一看，说："一锅面条再多也不够我的几百个随兵吃的。"七姑娘说："要

---

① 包衣：满语，奴仆。

是剩了呢？"王爷说："剩了由我包着。"

王爷传令几百号随兵一齐开饭。也就是怪，锅里的面条怎么吃也吃不了，王爷已经说出剩下由他包着，就硬逼着随兵往下咽。有好几个随兵被活活撑死了。

吃完晌饭，王爷把色力保叫到跟前说："今天晚上我不走了，我要吃四百九十只烤野鸡。你要是弄不来，晚上你的媳妇就得给我焐被窝。"

色力保回到屋里又愁了。七姑娘还是满不在乎地说："这有什么难？你去炸海，把我父王的神剪借来，不就妥了？"

色力保又去借来神剪。七姑娘拿出一张纸，一剪，扑地吹了一口气，说声："变！"扑啦啦野鸡飞满了屋子。色力保报告王爷说："野鸡弄来了，快去抓吧！"王爷派他的随兵们去抓，随兵有的被叼瞎了眼睛，有的被抓破了脸，好容易把一屋子野鸡全抓起来了，一数不多不少正好四百九十只。

吃完晚饭，王爷又打起了鬼主意，叫过色力保说："南山有一排子树，今天夜里你得全部给我放倒，差一棵，你的媳妇就是我的！"

色力保又愁了，别说一个人，就是一百个人，一晚上也别想把一排子大树放倒啊！七姑娘一听，说："你再去炸海，请我父王发兵来。"

龙王给姑爷发了一大群虾兵蟹将，七姑娘对它们下令道："今晚要把前山树木砍光，褪好树枝，堆在山脚，违令者斩！"

虾兵蟹将们得令，来到山上各显神通地干了起来。蟹将用大夹夹，小夹拉，一下撂倒十几棵；鱼精把尾巴一扫，一面子一面子的树枝全断了；鳖王趴在地上不用动窝，把脖子一伸，伸到山上，咬住一棵树，一缩脖子就挪到山下；虾兵用头上的虾钳左一撅右一撅，把木头垛得整整齐齐。

天刚亮，王爷领着随兵来到南山，没想到一排子大树砍倒了不算，还垛成了垛。他上前看看，没料到有一棵大树从垛上滚下来，不偏不倚，正好砸在他的脚上。随兵们把他扶起来，他气得对色力保说："等明天，明天我和你顶牛，我要是顶不过你，我的老婆孩子全归你；你要是顶不过我，你的老婆得归我。"

色力保又愁了，七姑娘笑了笑说："不用愁，明天你只管去顶牛。"

第二天，色力保牵着一头肋巴骨一根是一根的老干巴牛，王爷牵着一条肥肉乱颤的大犍牛。色力保一见王爷的牛，心想，非输不可了。王爷一看色力保的牛，心想，这回赢定了。两条牛放在圈里就顶起来了。别看老干巴牛又老又干巴，尾巴撅撅着，可来劲了，好家伙，起劲地撺起肥牛。肥牛扛不了跑，累得嘴直冒沫子。再撺一会儿，还不得累死了！吓得王爷赶快把牛牵出去了。

两个牛顶架时，王爷手下的大小随从们站在一边卖呆。有的说："你看咱们王爷，成什么了，干这样的事真是没有趣儿。"

王爷听见了，说："怎么的，还有'没有趣儿'？色力保，你把那'没有趣儿'拿给王爷我看看。"

色力保回家又愁了，七姑娘又笑了笑，说"不用愁，明天拿给他看看。"

第二天，七姑娘交给色力保一个小匣，说："拿去吧，这就叫'没有趣儿'。"王爷见色力保送来的小匣彤红彤红的，还挺光溜。这玩意儿怎么叫"没有趣儿"呢？他翻过去调过来地看，一边看一边琢磨。外面看不出什么，就想看里面，他把小匣上的盖儿抽开，只见"呼"地冒出一股火苗，把他的胡子烧焦了。左右随从们哈哈一笑，说："你看咱们王爷，成了没嘴葫芦了！"王爷一听，说："色力保家的嘎古①东

---

① 嘎古：奇特、奇怪的。

西还真多，还有'没嘴葫芦'！色力保，你去把'没嘴葫芦'拿来给我看看！"

色力保哪敢说没有，回到家又对媳妇说了。第二天，七姑娘拿出个溜圆的东西，说："这就是没嘴葫芦。"色力保拿给了王爷，王爷左看右看，没有把儿，没有眼儿，通身上下没有嘴，这东西当什么用好呢？"色力保，你不好把这东西给我当个吃饭桌吗？"王爷有话，色力保哪敢说不行，就把没嘴葫芦往炕上一放。说也怪，葫芦上竟摆满了酒席饭菜。王爷乐了，要先喝汤，他端起了汤碗，手腕儿冷不丁哆嗦起来，汤一泼，洒了一桌子。桌子"悠"地翻了个身，盘子、碗全翻在地上，原来这葫芦是个老鳖。只见老鳖伸出脖子，张开嘴，一口把王爷咬死了。

王爷的福晋、阿哥、格格见王爷死了，都哭了。这时七姑娘来了，说："行了，别哭了，坏人就得这么个死法。"她拉着色力保说："从今以后，你就跟他们过吧！"又拿过王爷的大印，交给色力保，说，"这大印就该你来掌。"

色力保当了王爷，王爷的福晋、阿哥、格格全归了他。七姑娘要回龙宫去了，色力保舍不得她，七姑娘说："我出来三年了，回去的日期到了。"色力保送她到海边，七姑娘一步一回头地走了。

讲述：李马氏
采录：张其卓、董明
选自《中国民间故事集成·辽宁卷》

敬穷神

(河北)

老年间，都兴敬神，敬神都敬财神、敬富神。怎么就有了敬穷神的？敬穷神干吗？这得先说说神家庄的神万。

神万二十多岁了，还是光棍一个，家里就有一间小破土坯屋，里头嘛也没有。

这一年，要过年了，神万见这家子做好的，那家子做好的，自己甭说吃好的，连个饼子都没有。这年过得有嘛劲呀？他就去东家要点，西家要点。要了点嘛呀？是些豆腐渣子。他见别人家家户户都贴对子，挺好看，还有供财神，烧香发纸的。他就说："你们写对子，剩下点儿纸不？我用来写点物件。"

这家子剩下的纸，写副对子不够。神万就请人在上头写个"敬财神"。写字的好闹，在上头写了个"敬穷神"，给了神万。神万拿上就跑回去了。

他的小屋里嘛也没有，烟熏火燎的，黑得很。神万用手在北墙上抚拉了两下，就把"敬穷神"贴到北墙上。人家都烧香上供，他上点嘛供呀？唉，自个儿不是要了点豆腐渣吗？就把豆腐渣分成三碗，又盛了三碗凉水当黄酒。没香烧，又到街上拾了几根秫秸，去了心，装上点灶火灰炭，点着当香烧。没有纸，就把捡的树皮拿来，烧着了当纸。烧香上供，又磕了仨响头，算是拜过了穷神。

三十黑价，天上的各样神仙都出来享受香火，财神和穷神做伴出来，见那儿的人们都在好酒好菜地敬财神。这个穷神哩，从东天边，一直走到西天边，看不见一个人给他烧香上供。财神就笑话穷神："你看你也是一路神仙，可哪有你安身的地方？"这话说得穷神怪没劲的，心里说："我就不信一处香火也没有，我得找一个叫你看看！"他就睁大两眼往下看，正好看见神家庄的神万在磕头哩。穷神就对财神说："你看看，哪儿也没我的地方？这个人不正在给我烧香磕头吗？你看看他给我弄的白米饭、黄米酒，你看看他烧的纸多厚，他点的香多粗多亮啊！"

他在上头看不清神万的酒不是酒、饭不是饭、纸不是纸、香不是香。财神也看不清，就没了话了。穷神不和财神做伴了，从天上降到了神家庄。

穷神心里想：这人对我这么好，这么敬重我，我得想法报答人家。他就摇身一变，变成个白胡子老头，来到神万家，问神万："你叫嘛？怎么这么敬重穷神呀？"

神万转身一瞅，来了个白胡子老头，心里说：什么财神、穷神的，我管他哩！就说："我是神万，你是谁呀？"

"我就是穷神，你这么敬我，我送你点儿嘛物件呀？"

"能送给我点儿嘛也行。"

"给你把雨伞吧！"

老头从背后一拽，拽出把小伞。这把伞八辈子没用过了，破上加破。神万说:"你给我这破玩意儿有嘛用啊?"

穷神说:"你别小看这把伞,这是宝贝。你拿着它,合上眼,想上哪儿,一睁眼就到了。"

神万说:"这物件不赖,行,我要了。"

穷神又说:"天上的王母娘娘要修观灯楼,物料不够,缺砖少瓦。天上没有这些物件了,要到地下永清县找。那里的人们都得了伤寒病,一百人里死了九十九个。你到那里,有人跟你借东西,你只管借给他们。他们给你金子、银子可别要,叫你喝酒,你别喝。那酒是天上的酒,神仙喝了醉三天,你要是喝了最少得醉三年。叫你吃菜,你就吃。到最后他问你要嘛,你嘛也别要,就要他们的小破盆。"

神万说行喽。穷神挺喜欢,就往外走。走了两步,又转回来,问神万:"你想要个媳妇不?"

"想。可我这么穷,谁寻我呀?"

"有人寻。到了那天,有一群白鹤叼砖叼瓦,你见哪只白鹤的翅膀上有根红毛,就上前抓住她的翅膀,说嘛你也别松手,她就得显原形。往后,你想怎么办就怎么办。记住,那天是正月初三。"

穷神乐呵呵地,一转身就回天上去了。

说话间,到了正月初三。神万心里说:"老头叫我去,我去看看沾不沾①。"他就从脖里把伞拽出来,闭上眼,说:"我到永清县去。"立时耳根上一阵风声,下来一睁眼,面前楼堂瓦舍的。这是哪儿呀?他一看四下没有别人,就走进楼里,里头各式各样的摆设都有。他不敢动,就坐在一把椅子上等了起来。

天上的王母娘娘正盖观灯楼哩,没了砖瓦,听说永清县的人死了好

---

① 沾不沾:方言。行不行之意。

些,物件也不赖,在那放着也没用,就派了两个神仙,带着群仙鹤到永清县弄砖瓦来了。看见这座楼房,砖瓦木料也不赖,就上前敲门,看有人没有。

神万正坐着哩,听到有人敲门,开门一看,一群仙鹤跟着两个人,就问他们:"你们有嘛事?进来说吧!"神万把他们让到里头,俩领头的说:"王母娘娘修观灯楼,物料不够,想从你们这儿买点砖瓦。"

"买嘛哩,随便拿吧!"

"那你要金子,还是银子?"

"这点儿破砖烂瓦的,还要嘛钱?"

两个领头的挺高兴,让仙鹤们先去运砖,又说和神万喝两盅。仙鹤们上院里运砖去了。一个领头从怀里掏出个酒壶,又吹了两口气,吹出三个酒盅。另一个领头从怀里掏出个小破盆,用手一指,里头就有了各式各样的菜,又往地上画了六道印,用手一指,成了三双筷子。"吃点吧!喝点吧!"俩神仙就劝神万。神万心里记着老头的话,就推三阻四的,横竖一点酒不喝,可不少吃菜。两个神仙也不管他,只管自个儿喝。喝着喝着,都醉了,往桌上一趴,睡着了。

神万见他俩睡着了,就走出楼来。一群白鹤飞上飞下,有叼砖的,有叼瓦的,忙得很。他就留心找那只翅膀上长红毛的。转转转,他转到墙根底下,才看见一只仙鹤在那里立着,嘛也不干,翅膀上有一根鲜红鲜红的毛。神万也不言声,紧走过去,一下子抓住她的翅膀,硬是不撒手。仙鹤挣脱不开,腿往地上一蹾,变成了一个好看的仙女。神万一见,手抓得更紧了,臊得那仙女脸通红。仙女说:"这位大哥,你抓住我干吗?"

神万说嘛呀?他早傻了,想了半天才说:"你怎么不干活呀?"

仙女对他说,她是天上的仙女。三月三蟠桃会上,她不留心摔了个酒盅，王母娘娘训了她一顿，又叫她下来受罪，叫她叼砖叼瓦。她心里不痛快，不愿干活。听着听着，神万就松了手。他也不好意思再抓人家的衣裳。

神万又问："你们天上比人间好不？"

"好是好，就是不如凡间自由。在天上，吃饭、做活，干嘛也得看人家的脸。你看这凡人多好哇，男的女的长大了结成夫妻，有说有笑的。天上可不沾，纪律严得很！"

神万问仙女："你想下来不？"

"想是想，就是下不来。"

两人正说着，时辰到了，该回天上去了。那一群仙鹤扑打着翅膀，都飞跑了，仙女一忽晃又变成了白鹤，二话没说，也飞走了。神万一个没留心，嘛也没了。这可怎么办呀？

回到楼里，一看那两个神仙还在桌上趴着，呼呼地睡得正香。神万就叫醒他俩说："白鹤们都飞走了，时辰到了，你们该回去了吧？"

俩神仙醒了，对神万说："你的心真好，要不是你叫醒俺们，王母娘娘准得训俺们一顿。俺们给你点儿嘛物件？给你点儿金子银子吧！"

"不要，不要，不要。"

"那你要点儿嘛吧？"

"我嘛也不缺。你要是真想给我，就把你的小破盆子留下吧！也不值个嘛儿，我做个纪念。"

这领头的心里说："哎呀，这可是个宝贝，不能给他。"又一想，人家嘛也不要，就要这小破盆，要是不给，显得咱也太薄气。一咬牙，就把小破盆给了神万。两个神仙驾上云，也飞走了。

神万见仙鹤飞走了，领头的也飞走了。媳妇没抓住，自己只得了个小破盆儿，心里老大不痛快，可又没别的法儿。拿起小破盆，拽着小破伞，合上眼，说声"回家"，就又回到那间小破屋里。嘛也是老样子，就多了个小破盆。这破盆子有嘛用？神万一甩手，把盆儿扔到桌子上，往炕上一躺生起气来。这时候，穷神变的那个老头又来了。

穷神乐哈哈地问神万："小伙子，怎么样？见着他们了不？"

"见着又怎么样？你这个穷老头子，糊弄了我，我跑了半天，就弄回这么个小破盆儿！"

"见着那只红毛仙鹤了不？"

"见着有嘛用？人家又飞跑了。"

老头听了，嘛也没说，哈哈一笑，没影了。

这天，王母娘娘正看工匠们盖观灯楼。只听"咔嚓"一下，落下一块砖，正好掉到王母娘娘跟前。王母娘娘心里说："这是谁呀？这么大的胆。"抬头一看，又是那个三月三摔酒盅的红毛仙鹤。这仙鹤叫王母娘娘训过一顿，又见凡间那么自由，没心再干活，一个不留心，嘴里的砖掉下来，偏偏落在王母娘娘跟前。

王母娘娘恼了，把红毛仙鹤叫过来，又训了一顿，想把她打入广寒宫受罪。正好，正月十五花灯会，扎灯的仙女不够，就让她去扎灯。

这个仙鹤连挨了两次训，心里更不痛快，干活更没劲了。别的仙女扎四个角的灯笼，好看得很。可她不管怎么摆弄，灯笼扎出来就是三个角，难看得很。

到了正月十五，王母娘娘和神仙来观灯，看了各式各样的灯，正到兴头上，却看见几个三角灯笼，难看得很。王母娘娘就问："这几个灯笼是谁扎的？怎么是三个角呀？"

旁边的人对她说："那个红毛仙鹤扎的。"

王母娘娘一听更恼了："好你个红毛仙鹤，你这是成心让我丢脸呀！把她给我叫过来，打入广寒宫，叫她受一辈子罪。"

立时有几个神仙推着这个仙女，就要把她送到月亮上。这时，穷神从一边走过来，对王母娘娘说："这仙女犯了罪，杀了她都值得。不过，你把她打入广寒宫，还得派人给她送饭，看管着。我给你出个法儿，你看怎么样？"

"你有嘛法呀？"

"我劝你把她打下凡间，找一个最穷最脏的人，跟人家受一辈子苦，受一辈子罪，你看怎么样？"

王母说："沾，你就看着办吧！"

穷神光等着王母娘娘说这话哩。他就领着这个仙女，一阵风来到神家庄。

神万没吃的，没喝的，又没事干，正在街上闲转悠。抬头一看，怪事，怎么前头走的那个闺女跟那天在永清县见的仙女一样哩？他就赶紧走几步，追上去。

穷神看见神万追过来，转身退到一边。这仙女看见神万，觉得挺不好意思，就想走开。神万上去一下子捉住人家的袖子，说："你怎么来了？走走，上家里歇会儿去。"

仙女站在那儿，暗地里打量神万几眼，看这小伙子长得不错，可就是太穷。神万也看出来了，说："你别嫌我穷，咱俩要好好过日子，我下地干活，你洗衣做饭，日子慢慢会好过的。你要是同意，就跟我回家。"

仙女一听，呀，这神万还挺会说，穷也没啥嘛，人不错就行。她就同神万上了他家。到了神万家，一看，就一间小破屋，破桌子破炕，又小又脏。

仙女说："夫君，这样吧，我把戒指和金簪给你，赶明儿你去卖点儿钱，咱好买点物件。"

说着，仙女就摘下戒指和金簪。摘下来往哪儿放呀？一转身，看见破桌子上有个破盆子，就放到小破盆里了。

第二天，神万早早起来，从小盆里拿出戒指，怪了：怎么里头还有个戒指？拿了个金簪，怎么里头还有个金簪呀？他就又去拿，拿了一个又一个，盆子里还是剩下一个戒指和一个金簪。神万惊奇得没法儿，就喊仙女：

"媳妇，你快来看，怎么小破盆这么怪呀？"

仙女过来一看，说："这不是天上的聚宝盆吗？怎么到了你手里？"

神万就把那天碰上白胡子老头，老头给了他把伞，他怎么去永清县，又怎么和俩神仙喝酒得小盆的事儿说了一遍。两口子喜欢得没法。神万上街把戒指和金簪卖了，得了好多银子。

有了钱，神万和媳妇盖了新房子，又买了牲口，买了地，雇了好些干活的。乡亲们见他发了财，都说："你看人家神万，这会儿得叫神百万了！"

神万过过苦日子，对老乡亲们挺和气。穷乡亲们谁有个嘛事，他都救济一下，人们都挺感激他。穷神不断来找神万喝几盅，王母娘娘也不知道。神万家两口子过得挺快活，日子强得很！

讲述：张才才

搜集整理：张振明

选自《耿村故事百家》

梦神仙

(山西)

从前有个庄稼汉,平日家没啥嗜好,除了爱吹牛,就只爱睡觉。

他长得矮又胖,所以大伙儿给他起了个花名字,叫他"四蛤蟆"。

都说丑人有福气,那四蛤蟆自个儿长得不好看,却娶了个模样秀气的妻子,名叫玉兰花。那玉兰花做得一手好饭菜,尤其烧鸡烧得特别香。

一天,四蛤蟆下田干活儿,没干一会儿就到了中午。他怕日头晒,早早扛了锄头回家。走到厨房外,听见玉兰花自说自话:"本来只想吃个鸡翅膀,没想到一开口吃去半边鸡。待会儿四蛤蟆回来,可不能说偷吃。我就只说他丈母娘来了,送她半只烧鸡拿归去。"

四蛤蟆在门外待了一会儿,等他媳妇煮好饭菜才推门入屋:"媳妇,把半只烧鸡端来我吃。"

玉兰花吃了一惊:"你咋知道只剩半只烧鸡?"

四蛤蟆说:"我刚在田里做活儿,累了便在田头迷迷糊糊睡觉,梦着你偷吃了半只烧鸡,还说等我回家,就只说我丈母娘来了,送她半只烧鸡拿归去。"

玉兰花低头扭手不言语，心想这四蛤蟆真厉害，以后啥事儿也不敢再瞒他。

过了几天，夫妻俩去丈母娘家吃酒。那玉兰花叽叽呱呱爱说话，心里藏不住事，就把四蛤蟆梦着她偷吃烧鸡的事与她娘说了："那家伙可忒厉害，一梦一个准，事事就像在他跟前，和他瞪大眼看着一个样。"

丈母娘一听可高兴："原来女婿是个梦神仙。他有这本事我还不晓得呢，昨晚咱家走失头母猪，四下里找不着，不如让他梦一梦，看看母猪在哪儿。"

于是，岳丈把四蛤蟆唤到跟前："玉兰花说你梦得准，你给我梦一梦，看咱家母猪在啥地方。"

四蛤蟆连翻一串白眼，装模作样说："你要大梦还是小梦？大梦梦三天，小梦梦一夜。"

丈人想要快点找回母猪，就说要小梦。

于是，四蛤蟆要了间厢房睡觉做梦，告诉老丈人，明日天亮前千万莫要打扰他。

白日里他好好睡了一觉，到半夜便醒过来，心想前些时看那母猪肚子恁大，可能躲哪里下崽儿了。他借了月光出门寻找，来到小树林，见树林中有堆麦秸，掀开麦秸一看，果然见头母猪在麦草堆中央做了个窝，下了八个猪崽儿哩。那八个小猪崽儿正趴在猪婆怀里，衔着奶子睡得香。

四蛤蟆轻悄悄地盖好麦秸，回厢房去继续睡觉。

第二天早晨，他岳丈送早餐过来，问他说："梦着了吗？"

四蛤蟆打个呵欠说梦话："梦着了，猪婆在小树林麦秸堆里头哩，好运气，下了八个崽儿，五个黑来三个花。"

他岳丈一听，连忙与他丈母娘往小树林跑，果然见到个麦草垛。搬开麦草，那猪婆与一窝小猪崽儿安安稳稳在里头，猪崽儿不多不少正好八个，五个黑来三个花。

岳丈和丈母娘两个笑得眉眼开花，赶了猪婆，抱了小猪崽儿，欢天喜地回了家，逢人便讲："俺家女婿四蛤蟆，实打实是个梦神仙，俺丢了母猪教他梦，他一梦梦到猪婆藏麦垛，再梦梦到猪婆下猪崽儿，不多不少正八个，五个黑来三个花！"

丈母娘讲得快嘴快舌，她交游广，朋友多，那帮三姑六婆越传越神，越传越远。四蛤蟆是个梦神仙这事儿传呀传，传到了县衙门，教那县太爷听着了。

县太爷那会儿正烦恼，他的官印丢失七八天了，派人暗暗查找也没有着落，又不敢悬赏明查，怕上头知道后自己乌纱不保。这会儿听说自家县里出了个梦神仙，急急派出两个心腹衙役："快备马车，请梦神仙前来见我！"

两个衙役不敢急慢，连忙去找四蛤蟆。那四蛤蟆正躺在田头睡大觉，被衙役唤醒，老大不高兴，心想这下闹大了，去县衙不是凶多吉少吗？不如想个办法开溜，便说："我刚才梦着老婆做烙饼，烙饼喷喷香，我得回家吃个饼再去。"

于是他不由分说往家跑，玉兰花正好从厨房端出来四个烙饼。四蛤蟆一边吃饼，一边低声跟玉兰花说："那县衙不知深浅，还是不去为妙。你快快点着一炷香，香烧着半炷，立马把门前麦秸堆点起火来，我好借机逃脱。"

四蛤蟆上得马车，马上趴着打起盹儿来，不一会儿就迷迷糊糊睡着了。走到半道，他突然大喊："不妙！"从睡梦中惊醒过来。

两个衙役忙问他怎么回事，四蛤蟆说："我梦见家中麦秸堆失火，娘子一人孤力无援，我得赶回去救火。"衙役不敢耽搁，忙掉转车头，朝四蛤蟆家里赶。果然屋门前麦秸堆着了火，玉兰花正拿水桶泼水哩。四蛤蟆跳下车救火，两个衙役也冲上去帮忙。不一会儿火灭了，衙役又催请四蛤蟆上车。

四蛤蟆不情愿去，又是摇头又是摆手："家里失了火，今日不宜出行。不去！不去！"

"你不去，如何向县官老爷交代？"

没奈何，那四蛤蟆只得再坐到车上。一上车，又迷迷糊糊睡了去，走到半路，嘴里喃喃说梦话："可如何是好？张三李四说哪个？"

两个衙役一听，吓出一身冷汗，马上停了车，又是打躬又是作揖："梦老爷，梦神仙，求求你高抬贵手，放过我俩。你去到县官老爷面前，千万千万不要说出我俩的名字啊！"

原来，这两个衙役一个叫张三，一个叫李四，都恨那县太爷，偷他官印，只想害他丢乌纱。

四蛤蟆这下喜得来了精神："你俩如何偷藏了官印，从头至尾给我说一遍。要是说得实诚，我就放过你们。"

张三就说："那日李四偷拿了官印，我不敢带出官府，只藏在楼顶第三沟瓦下，至今在瓦底下压着。"

李四说："只要梦神仙你善言妙对，庇护我俩，大恩大德不敢忘记。"

四蛤蟆于是端起个神仙架子，要张三和李四好生侍候，又答应不供出他俩的名字。

不一会儿到了县衙，张三说梦神仙果真神，在田里梦见老婆做烙饼，回到家果然老婆做了烙饼。李四说梦神仙果真名不虚传，半道上梦到家里失火，转回家果真救了火。

县太爷大喜，设了宴席招待四蛤蟆，又命人收拾一间玲珑华丽的小客房供他住下："梦神仙你梦得准，今晚务必好好梦一梦，看我那官印落在何方。"

四蛤蟆慢悠悠说："你要大梦，还是小梦？大梦梦半月，小梦梦七天。"

县太爷只想早早找回官印："小梦快，小梦吧。"

四蛤蟆喝了一口茶，又慢悠悠说："只怕小梦梦不准。"

县太爷只得耐下心来，等四蛤蟆的大梦。

那四蛤蟆在衙门好吃好住，美滋滋受用半个月，才对那县官老爷说出来："我梦着了，官印在楼顶第三沟瓦下，瓦底下压着哩！"

县太爷连忙让张三和李四爬梯子上屋顶，揭开屋瓦，正正好在第三沟瓦找着了官印。

县太爷感激不尽，送了三百两白银给四蛤蟆。那张三李四也感恩不尽，一路护送他回家，两人各送他五两银子。

这下好了，梦神仙的大名越传越远，传入了皇宫。皇帝那会儿正犯愁，他的玉玺不见了，整日家无精打采。这下听说有个梦神仙，忙派人恭请四蛤蟆入宫。

入得皇宫，皇帝对他说："梦神仙，你若帮朕找回玉玺，朕赏你黄金千两，把金枝皇姑嫁与你。"

四蛤蟆十分惶恐，但他装作胸有成竹的模样："回万岁，你要大梦，还是小梦？大梦梦三年，小梦梦七七四十九天。"

皇帝想要尽快找回玉玺："小梦快，小梦吧！"

四蛤蟆心想，到时找不着玉玺，岂不枉丢了性命？还是尽量拖延时间为上，便说："圣上的玉玺非寻常物，只怕小梦梦不着，白浪费了时间。"

皇帝没奈何："那你慢慢来，安安稳稳做大梦。"

太监安排他住下，让人替他铺好床铺。四蛤蟆高床软枕睡了一觉，醒来时肚子饿得咕咕响。他摆出个真神仙架势，大声叫唤道："来人啊，先拿饭来！"

话音刚落，一位年轻侍郎跟跟跄跄跑进来，扑倒在他床前，"咚咚咚"拼命磕头："神仙饶命！神仙饶命啊！"

原来这侍郎名字叫范来，玉玺正是他偷的。

四蛤蟆喜得心花怒放，却装出心知肚明的神色："你从实招来，我念你知错，免你灾祸。"

"不敢瞒梦神仙菩萨，玉玺在我手里。我偷拿玉玺，只想过一把皇帝瘾。神仙菩萨若能饶我，范来今生今世感恩不尽。"

四蛤蟆说："今晚你把玉玺放进御花园玉石麒麟嘴里，明日我面见皇上，自有说法。"

第二日天蒙蒙亮，四蛤蟆早早起身，梳洗整齐，去见皇帝："圣上大喜！小人昨夜偶得一梦，梦见一个玉石麒麟高声唱歌。圣上的玉玺，想必在御花园玉石麒麟嘴里。"

皇帝连忙跑去御花园，找着玉石麒麟一探手，果真玉玺在麒麟嘴里。

皇帝手捧玉玺，龙颜大悦，当即赐梦神仙黄金千两，还要把金枝皇姑许配给他。

金枝皇姑年纪有点儿大，性情泼辣凶悍，听说皇兄把自己配给个矮胖子，不禁怒从心头起。

她派人把四蛤蟆唤到面前，手指一个金盒："你这个浑蛋，一看就知是个江湖骗子。你骗得了皇帝，骗得了我吗？来，看着这盒子，若你能说出这金盒里装着啥，我心甘情愿嫁你。若是说不出，哼哼，我问你个欺君之罪，立马推出午门斩了！"

四蛤蟆吓得冷汗直冒，心想这下完了。他伸出手，用力朝金盒一拍，感叹道："唉，四蛤蟆，你今天要死在这金盒里啊！"

皇姑一听，大惊失色："你真是神仙吗？不但蛤蟆说对了，连四只都说出来了，就像睁眼看着一个样儿！"

原来，皇姑想难为他，命太监到池塘捉来四只癞蛤蟆放入金盒，心想这回梦神仙无论如何都猜不出。

这下好了，没奈何，皇姑只得收拾心情，准备嫁与他。

四蛤蟆见这皇姑难缠得紧，急急推辞，说家里早有个老婆玉兰花，其实是个河东狮。一山难藏两虎，这场婚事，还是算了吧！

当晚他不敢回房睡觉，连夜跑出皇宫，赤脚朝家的方向逃跑。跑啊跑，跑了一整夜，回到村庄正是清晨。他小舅子在村边牧羊，见他回来，随手拔了一把青草藏在身后，问他："姐夫，猜猜看，俺手里握着啥？"那四蛤蟆又累又困，打着哈欠说："别闹了，大清早来开玩笑！"小舅子听岔了，以为他说"拿青草来开玩笑"，直乐得一蹦三尺高，喜洋洋地跑在前头，大嚷大喊："梦神仙回来喽，梦神仙回来喽！"

回到家，推开门，他娘子玉兰花正手拿擀面棍，独自做饺子。见他回来，委屈得眼泪汪汪，抓住他就是一通猛打。这一顿打下来，四蛤蟆登时变老实了，再也不敢胡吹说梦。

本篇选自一苇著《中国故事》。系儿童文学家一苇（黄俏燕）参照山西民间故事讲述家尹泽口述《梦先生》等文本改写而成。

一钱发家

(浙江)

从前有个穷光蛋,名字叫周二,他的裤子破了好几个洞,也没钱做条新的。

有一天,一个远房舅爷骑马来看望他,带来一大壶酒和一大袋香花生米。周二家里还有半升米,他煮白米饭招待舅爷。可是木凳子全断了腿,两人只得盘腿坐在地上,你一杯,我一杯,喝干了舅爷带来的那壶酒,把香花生米也吃得一粒不剩。

那周二醉了八九分,突然站起身,把酒杯子摔了个粉碎:"嘿,我周二就是没有本钱,但凡有一个钱,也不会这样半死不活过穷日子!"

那舅爷也喝得醉醺醺,当即从衣兜掏出来一个铜钱,"哐当"一声摔到地上,铜钱滚了两圈,骨碌碌滚入床底下去了。

"周二,你这混账东西,就算给你钱,还不是照样过穷日子?"

甥舅两个又笑又骂,酒足饭饱,倒在炕上,美美睡了一夜。

第二天清晨,舅爷骑上马走了,他住在很远的另一个墟镇。

那周二浑浑噩噩又过了半年,依旧日日游手好闲,没饭吃时,就去帮人家做短工挣点柴米。快过年了，他也学着别人家的样子，一大早起身洒水打扫房屋，没想到，扫帚伸入床底下，"叮"一声响，扫出来一个铜钱。

他突然想起舅爷来的那一天，想起他自己说过的话："嘿，我周二就是没有本钱，但凡有一个钱，也不会这样半死不活过穷日子！"又想起他舅爷的话："你这混账东西，就算给你钱，还不是照样过穷日子？"

想到这里，周二丢下扫帚，拿那铜钱跑到街上。街上热热闹闹的。因为要过年，有人在卖洗脸水，一个铜钱一盆热水，热水旁放着清香的南方柚子叶。

周二灵机一动，拿那个铜钱买了一盆热水，把自己干干净净洗起来。

洗清爽了，周二对老板说："老板，不怕你笑话，今年我没挣到钱，家里人都好几天没洗脸了，你这盆热水就让我端回家，给他们也洗洗干净。"

老板见他说得蛮可怜，就答应了。

周二急忙端起面盆往家跑。其实，他哪里要那盆洗脸水呢？他想要的是那个洗面盆。那会儿，洗面盆是用铜造的，拿到当铺去，能值几个钱。

周二拐进一条小巷，把热水倒掉，拿那洗面盆去到一家当铺："老板，我家里急用钱，这个面盆暂时押在你这里。你先借我半吊钱，晚上我再来取回面盆，本息照算。"

老板拿个小锤子敲面盆，那面盆发出好听的"当当"声——面盆铜质蛮好，半吊钱只借一天，这生意当然不会折本。于是他爽快地取出半吊钱，交给了周二。

周二拽着那半吊钱，跑到墟上去，买来五升饱满的大黄豆，跑回家

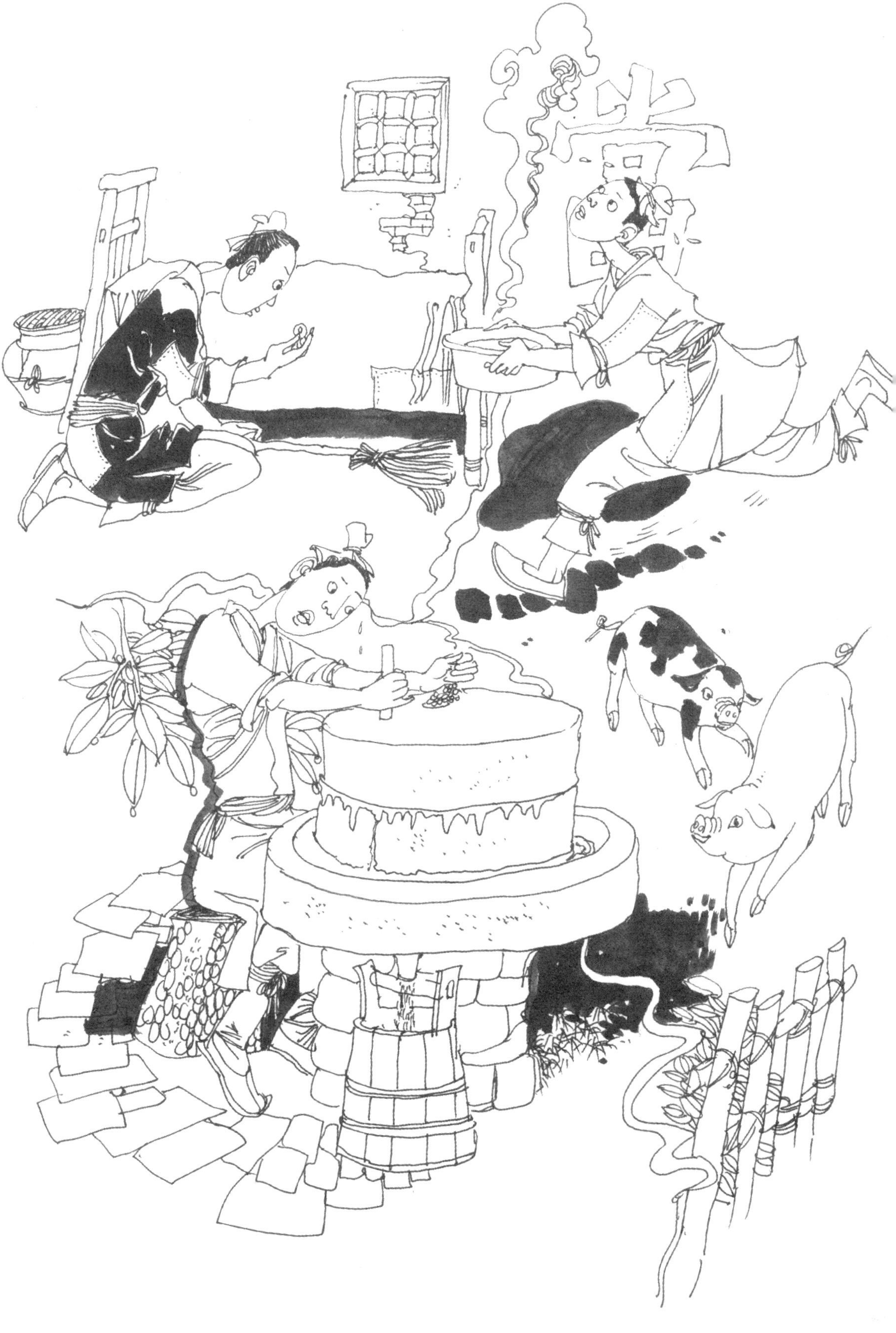

用水浸上，浸好了捞起来，用他老爹留下的大石磨磨起来，很快做成两板水豆腐。他挑了水豆腐到街市上，大声叫卖："卖水豆腐，新鲜现磨的水豆腐啰！"

话说那个墟镇没有豆腐店，人们自家里偶尔做点豆腐干，从年头到年尾，很少有机会吃新鲜的水豆腐，而周二卖豆腐的那个时辰，正是每家每户准备烧晚饭的时候。听到周二叫卖豆腐，好多人从厨房跑出来，围着周二，抢着买他的豆腐。

不一会儿工夫，两板水豆腐全卖光了，一块也没剩下。

天还没黑，周二坐在晚照里，数那水豆腐卖得的钱，除去买大黄豆的半吊本钱，净赚了两吊，还多出来几十个铜子。

周二拿衣袖抹干汗水，高高兴兴拿半吊钱去当铺，赎回了那个面盆；又高高兴兴拿面盆到街上，还给那个卖洗面水的老板："哎呀，真对不起，我们穷人事情多，刚才有点事，一耽搁就是大半天，差点儿忘记来还面盆了。这个铜钱，就当是租金吧！"为了感谢老板，周二还多付了一个铜钱。

老板见他诚恳，也很客气："不要紧，谁没个要紧事儿呢！"

那会儿天还没黑透，卖黄豆的店还没关门。周二又到那店里，用挣来的钱买来十五升黄豆，拿回家去浸了一夜水。第二天他摸黑起身磨豆腐，大清早就磨成六板水豆腐，挑到街市去，不到一盏茶工夫，又卖光了。他这回挣得八吊钱，又还多出几十个铜子。

从那以后，周二有了买豆的本钱，就专门做起豆腐生意来。他勤快节俭，慢慢积蓄了一小笔钱。过了三个月，他买回来两只小猪崽儿，用豆腐渣喂大了。不久，猪婆生下一窝猪崽儿，周二拿去市上卖，又得到一笔收入。

就这样，不到三年，周二就发家致富了。

到第四年冬天，快要过年的时候，他一口气做了十件新衣裳、十条新裤子，娶回来一位漂亮贤惠的新娘子。新婚喜宴那天，周二专门请来那位远房舅爷，让他坐在长辈的位子上，向他敬茶、敬酒，多谢他当年一个铜钱的馈赠。

本篇选自一苇著《中国故事》一书。由作者参照相关佛经故事及浙江民间故事改写而成。

百鸟衣

（广西·壮族）

从前，在远离横州城的一个山村，有户贫寒孤苦的人家姓张，生了一个儿子名叫亚原。亚原不满一周岁，父亲去世了。家里无田无地，靠母亲替人做针线活挣点钱，日子过得很凄苦。

亚原长到十二三岁，母亲双眼有病，做针线活慢，收入减少，生活越来越困难。亚原上山打柴挑到圩场上卖，帮补家里生活。

有一年春末夏初，天连绵不断下雨，山路被雨水冲断了。亚原不能上山打柴卖，粮食也快吃完了，母子两人困在家里发愁。亚原想改行做小生意，母亲发愁没有本钱。

"妈，做油堆①卖，老人小孩都爱吃，晴天雨天都可以做，花的本钱也不多。我想好了，可以到二叔家借点钱做本，二叔是会答应的。"

母亲点头同意。亚原到二叔家借得三百文钱，到圩上买回油、糖和糯米。第二天早上，母子二人动手做油堆。做好了，亚原用箩筐装好，

---

① 油堆：用糯米粉制的油炸食品，民间又称"油炸"。

挑到圩上的学堂去卖，一担油堆不一会儿就卖光了。

亚原挑着空箩筐回家，来到桥上，见一只公鸡"喔喔"叫着，在桥上来回走着向他点头。亚原对鸡说："鸡呀鸡，你叫什么？谁是你主人就跟他回去吧！"那公鸡听了，大叫三声，一下跳进箩筐里，让他挑回家。

亚原一走进家里，对母亲说："妈，你快来看，一只大公鸡跳进我的箩筐，跟我回来啦！"

母亲过来一看，一只大公鸡两眼定定地望着她。母亲说："不是自己的东西，不能乱要，你明天一早把这鸡送回原处去。"

第二天一早，他依了母亲的话，将公鸡挑上桥头放了，说："鸡呀鸡，谁是你的主人就回到谁家去吧！"说罢，挑起空箩筐转回家。不料还未跨进家门，公鸡已先来到家里"喔喔"啼开了。一连两天，都是这样。母亲觉得奇怪，第三天亲自把鸡抱着送到桥上放下，说："鸡呀鸡，去吧！我不是你的主人，不能把你收留。"哪知刚回转家门，公鸡又已在家里了。亚原对母亲说："妈，我们就养下它吧。等它主人来找，再还给人家也不迟。"母亲觉得也有道理，没再说什么。

过了半年，那大公鸡忽然变成一个美丽的姑娘，和亚原结成了夫妻。婚后，两人恩恩爱爱，油堆生意越做越红火。一家三口的生活越过越舒坦。一天，姑娘对亚原说："从明天起，我们不用做油堆小生意了。我们要在圩上租间大铺面，做大生意。"

第二天，他依着姑娘的话，在圩上街中看中一间铺面，和房主人说妥三百两银子一年租金，又按姑娘吩咐，找匠人做了"亚原货店"的招牌。

第三天，鸡叫三遍，铺面大开，招牌高挂，铺门两边红纸金字写着：

大官家百货无，

小亚原逢货有。

姑娘一声"开张"，鞭炮噼噼啪啪响起来。昨夜有一个新科状元刚从京城到广西来做官，路过这圩镇，天晚找了一间旅店歇下了。清早醒来，听见鞭炮声，问旅店主人外面做什么这样热闹。店主人回答是张亚原今日店铺开业。

状元带随从出来看热闹，见了货店大门两边的对联，心想我走过全国许多大城镇，连皇城在内，做生意的也不敢写这样的对联，这个穷乡小店，竟敢开这样的大口。他再走前几步，往铺里一看，几个笑眯眯的人坐在里面，什么货物也没有，空空荡荡。

状元派了十多个卫兵到亚原货店买货，说："老爷要买一千把雨伞，钱多少不论，限明天交货！"亚原正愁没法按时交货时，姑娘叫他放心，回答买主："一千把雨伞要一百两银子，明天一定要来取货，不要失信。"

第二天卫兵带来一百两银子，取走一千把雨伞，式样和质量都非常好。状元没难倒亚原货店，又叫卫兵来买一千双鞋子，规定每双长度不许一样。亚原正愁没法办到时，姑娘叫他放心，答道："照办，包客人满意。"

第三天卫兵带来银子，买走一千双鞋子，回去用尺子量了，果然每双长度都不相同。状元没难倒亚原货店，叫卫兵来买一千只鸟，每只重量都要刚好一斤，还要只只都是雄鸟。亚原正愁更难办到时，姑娘叫他放心，答道："照办，包客人满意。"

第四天卫兵带来银子，买走一千只鸟，回去一看，只只都是公的，用秤一称，不多不少都是一斤重。状元三难亚原货店都难不倒，交货如此神速，提的苛刻条件样样办到，感到十分奇怪，就问旅店主人。旅店主人说："张亚原有一位美丽的妻子。聪明能干，又会画画。她用笔在纸上画什么，像什么，就变成什么。莫说买三样，就是买一百样一千样，也能给你的。"状元听了，不觉心里一动：将这位美丽姑娘献给皇上，皇上一定满意，还愁我不官上加官！

状元主意已定，派了十多个卫兵强抢亚原的妻子，临走时她对丈夫说："我的身子能抢走，我的心不能抢走，这仇将来一定要报。你要记住，等我走了以后，你造一副弓箭，天天到山林打鸟。打够一百只，将鸟的羽毛拔下来，做成一件衣服。再买一面鼓和一面锣，逢圩过圩，逢市过市，击鼓打锣，舞着百鸟衣直奔京城。到了京城你就能见到我，到那时我们的仇就能报了。"话说到这里，美丽姑娘被抢走了。

亚原依照妻子的话，造好了弓箭，不管天晴下雨，天天到山里打鸟，打满三年，整整打够一百只。每打得一只都将鸟毛统统拔下来，一百只鸟羽毛做成了一件毛茸茸的五彩斑斓的羽毛衣。又到圩上买一面鼓和一面锣。一切准备妥当，他穿起百鸟衣，往京城走去。逢山过山，逢水过水，走了几个月，到了京城，敲鼓打锣，在街上舞着走来，轰动了京城。满街的人跟在后面看热闹。

再说姑娘被状元献给皇帝后，三年也不和皇帝说一句话，整天愁眉苦脸，对任何人也不曾露过笑容。可是皇帝却越看越觉得她是难得的漂亮姑娘，想尽办法使她高兴。这一天，她远远听到锣鼓响，知道是亚原来了，便邀皇帝一起站到宫楼上，乐呵呵地对皇帝说："你看下面街上舞鸟衣的人多好看啊！"用手指着下面，脸笑得像花开一样。皇帝见姑娘这样笑盈盈地对自己说话，心里十分高兴，传旨把舞鸟衣的人带进宫里来。

亚原身着百鸟衣，一下击鼓，一下打锣，卖力地跳呀舞呀进宫来，引得姑娘笑得合不拢嘴。皇帝好不喜欢，问道："小伙子，你怎么会使我的爱妃这样欢乐？"

亚原说："我穿的是件神衣，一穿上，姑娘见了就欢心啦！"

皇帝说："你的神衣要多少钱，脱下来我买了。"

亚原说："不卖不卖。皇上要穿，我脱下来和你的龙袍换穿一下吧。"

皇帝一心想讨美丽姑娘的欢心，当即把龙袍脱下给亚原，换穿上百鸟衣，见美丽姑娘笑，也笑着舞了一阵。可是越舞越觉得百鸟衣将自己紧紧箍住，很不舒服。想要脱下，却无论如何也脱不下来。那皇帝越急，越用力扯，百鸟衣越箍得紧。这时，姑娘突然大声呵斥道："这是哪来的怪物？来人哪！快给我打！"太监、宫人一齐拿了木棒闯进来将穿百鸟衣的皇帝一阵乱打。皇帝满地打滚，化作山鸡飞向山林去了。

亚原脱下龙袍，和妻子双双转回家乡。

讲述：韦世族

翻译整理：曹廷伟、洪志琪

选自《中国民间故事集成·广西卷》

张百中

（湖北·土家族）

从前鄂西有个姓张的小伙子，靠打猎养活瞎眼妈妈。枪一响，不管天上飞的，地上跑的，百发百中，乡亲就叫他张百中。

一天，他上山打了些野物，到集上卖了一吊二百钱。回来从漩水潭过河，见一个老头钓得一条金色大鲤鱼，便把身上的钱摸出来买下了这条鲤鱼，打算提回去孝敬妈妈。一看，鲤鱼眼泪长流，怪可怜的，就把它放回潭里。鲤鱼摇头摆尾地游进深处，转眼就不见了。回到家里，妈妈问他打到了什么野物，他也没作声，把桶底的米抹起来煮了餐夜饭吃。第三天大清早又赶紧上山。

哪晓得在山上大半天，也看不见野物的影子，只好闷闷不乐地赶回家来。一进门，就见一个姑娘手脚麻利地正给他家烧火做饭，他好生惊奇。姑娘见张百中进屋，一下跳进了灶旁的水缸。张百中走到水缸边一看，哪有人影？只见一条金色鲤鱼在水里游动。张百中问："你是什么怪物？"只见白花花的缸水"哗啦啦"直往外翻，接着从水里现出一位姑娘来，羞答答地站在他面前。张百中问："你是哪家的姑娘？"姑娘说:"我是龙王的三女儿,你昨天在漩水潭救了我的命,我是特来报恩的!"张百中听了,心里一块石头落了地,高兴地说:"那好,你就做我的亲妹妹,留在我家服侍老母,我再上山打猎也就放心了。"姑娘说:"你明儿不要上山打猎了,今晚我们要盖新屋住哩!"当晚,龙女搬动漩水潭龙宫里的虾兵蟹将,先把多年沉落在乌鸦滩水里的木料,搬运到自家院里来,接着砌砖盖瓦,起屋上梁,丁丁当当,闹闹哄哄,直到鸡叫。天亮时姑娘站在门外喊:"妈,百中哥,快起来搬家呀!"张百中爬起来到后院一看,一栋青砖大瓦屋就立在眼前。他们搬了进去,吃的用的一应俱全。张百中照常上山打猎,日子越过越好,再不像从前那样,吃了上餐愁下餐、过了今日愁明日了。

县官听说山里出了稀奇事,上张家来看热闹,一见龙女就起了歹心。他见屋里挂着弓箭火枪,就问张百中是干什么的。张百中说:"那是我打猎用的。"看见一笼大麻网子,又问这有什么用处。张百中说:"那是掇活野物用的。"县官说:"活野物你也会捉?那好,明日给我捉三十只活老虎,后天一大早送来。"说完就和几个差人走了。张百中急得唉声叹气,对姑娘说了。姑娘说:"不要急,我自有办法。"她叫张百中上街买来三十张纸,自己扯一根丝茅草做笔,蘸上米汤,画了三十只老虎,叫一声"站起来!"三十只纸老虎一下变得活蹦乱跳。张百中骑在一只大老虎身上,领着一队老虎,像暴发的山洪涌进县城。他在衙门口喊县老爷出来收虎,接着三十只老虎一齐大叫了三声,震得山摇地动,县官衙役的耳朵嗡嗡作响。县官吓得浑身打战,忙说:"不要放老虎进来,看到了就是。"张百中领着老虎往回走,说了声:"归山去!"三十只老虎都钻进了山林。

县官派人传话,又限张百中于三日之内捉三十条龙送到大堂,办不到就要重重治罪。姑娘知道了,叫张百中上山连蔸挖三十根金竹来。她

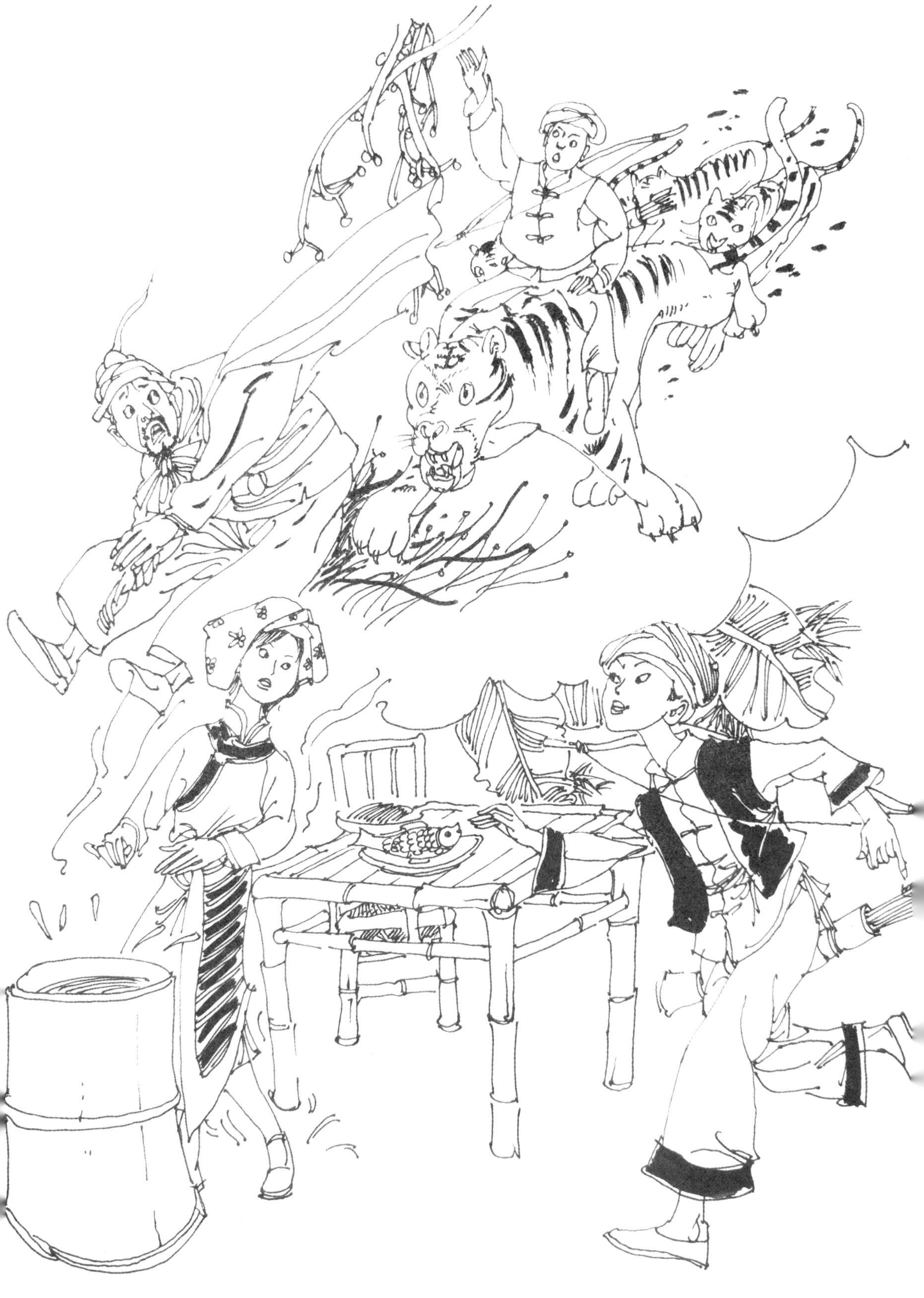

在每根金竹上喷了一口水,说声"变!"都变成一丈多长水桶般粗细的活龙。张百中骑着一条大龙领头,夹带着狂风暴雨,一早来到县衙门,他请县老爷来收龙。一挥手,三十条龙在大堂上打三个翻身,只见堂上平地起水,波翻浪涌。县官吓得牙齿打架,说不出话来,只说:"快收!快收!见到就是了。"张百中一挥手:"归海去!"三十条龙立刻腾空飞得无影无踪。

县官不死心,过了几天又带着一帮衙役来到张百中家看动静,一心想找个由头霸占龙女。瞎眼老妈妈怨恨不过,随口说了声:"真是一伙窝罗害①啊!"县官找到了由头,便下令张百中三天内交出一只"窝罗害"来。要是交不出,就用姑娘抵。张百中对龙女说:"这是老百姓嘴里的一句俗话,世上哪里有什么'窝罗害'!"姑娘说:"我来做一个'窝罗害'!"她叫张百中编了一个像猪样的篾篓子,又从街上买来硝石,砍下五倍子树烧成炭,放进硝石拌成火药,塞进篓子,口里塞满稻草和棉花,外头用纸糊得花花绿绿。然后叫张百中背着它去见县官,交代他怎么跟县官讲话。

张百中到了县里,县官问:"你是来交'窝罗害'的吗?"张百中把背上的篾篓放在大堂上说:"这就是'窝罗害'!""它吃什么,有什么用?""它每天吃棉花,吃稻草。七天在地上打一次滚,能吐出七色花树,树上结仙桃,人吃了长生不老。晚上它要睡在三千斤稻草里,用三百斤棉花做枕头。要是第二天早上它不想吃草,得先给它抽两口烟。"县官听了真的以为得到一个稀世宝贝,马上弄了三百斤棉花和三千斤稻草安顿"窝罗害"睡觉。第二天大清早见它还不开口吃草,就来点火让它吃烟。哪知"窝罗害"突然"轰"的一声爆炸开来,大堂上

---

① 窝罗害:害人精之意。

火光冲天，连人带房子烧得一干二净。

从此再没有人上门欺负张百中和龙女了，他俩结成夫妻，过上了美满日子。

讲述：兴顺

搜集整理：田诗学

选自刘守华编《绿袍小将》

蝴蝶泉

（云南·白族）

滇西洱海东岸的永胜县，有个猎人名叫杜朝选。他到处打猎，海东海西的荒山野沟都让他走遍了。有一天，他背着弓箭，从永胜县来到宾川洱海的东岸，想乘船到海西打猎。可巧在离海岸不远白茫茫的海面上，有一对捉鱼的老夫妇，正划着渔船，一心一意地撒网捉鱼。杜朝选站在海岸上亲热地向老两口打招呼：

"大爹，大妈，请把我划到海西去吧！我要到那边打猎去呢！"

老两口摆摆手说：

"不能，不能，要是划你过去，我们老两口今天的生活向谁要呵？"

杜朝选说：

"尽管划我过去，我能解决你们吃食困难。"

捉鱼的老夫妇就把杜朝选从东岸渡到西岸。杜朝选登上了洱海西岸，用挂棍在离海岸不远的地方，轻轻戳了三戳，戳出一个窟窿，里面冒出一股清汪汪的水来。霎时间银闪闪的弓鱼，在那水里成串地游来荡去。杜朝选用手一指，对老两口说：

"大爹，大妈，你们就在这儿捞鱼吧！这里的鱼保你们一辈子也捞不完。"

捉鱼的老夫妇很高兴，想让杜朝选在他们家里住几天。杜朝选说：

"我现在要到山里去打猎，等以后再来看望你们吧！"说着他就走远了。

从此，打鱼的老夫妇再也用不着下海撑船捞鱼了。他们天天守着那个小窟窿捞鱼，果真鱼越捞越多。他们的日子比以前好过了。老两口在靠近捞鱼的小窟窿旁边搭起了一个棚子，就搬进去住下了。

以后，这个荒凉的洱海西岸，慢慢成了一个小村庄，这就是现在周城附近的桃源村。

杜朝选来到海西，在周城附近的一个小村庄里住下了。每天东方一发白，他便背起弓箭，到深山老林去打猎；一直到太阳落山，才转回村庄来过夜。

有一天夜里，杜朝选听见从隔壁邻居家里传来一阵悲切凄惨的哭声。他循着哭声走去一看，只见一个妇女抱着个娃娃正在痛哭。他觉得很奇怪，上前问了缘由：

"大嫂，你的娃娃又没有生病，为什么哭得这般伤心？"

妇女没有答话，还是埋着头哭个不休。杜朝选耐心地再三询问。那个妇女才说了话：

"你是客人，哪晓得我们的苦情！在我们这一带的深山里，有个没人敢到的神魔洞。那儿有个蟒蛇洞，洞里藏着一个会变人形的大蟒蛇。每年一到三月初三，那条蟒蛇就向我们这一方的老百姓要一对童男童女；要是不按时送到，我们这里的人就得遭殃。明天就是三月三了，该轮到我家的娃娃了！"妇女刚一说完，又呜呜咽咽地哭了起来。

杜朝选又问：

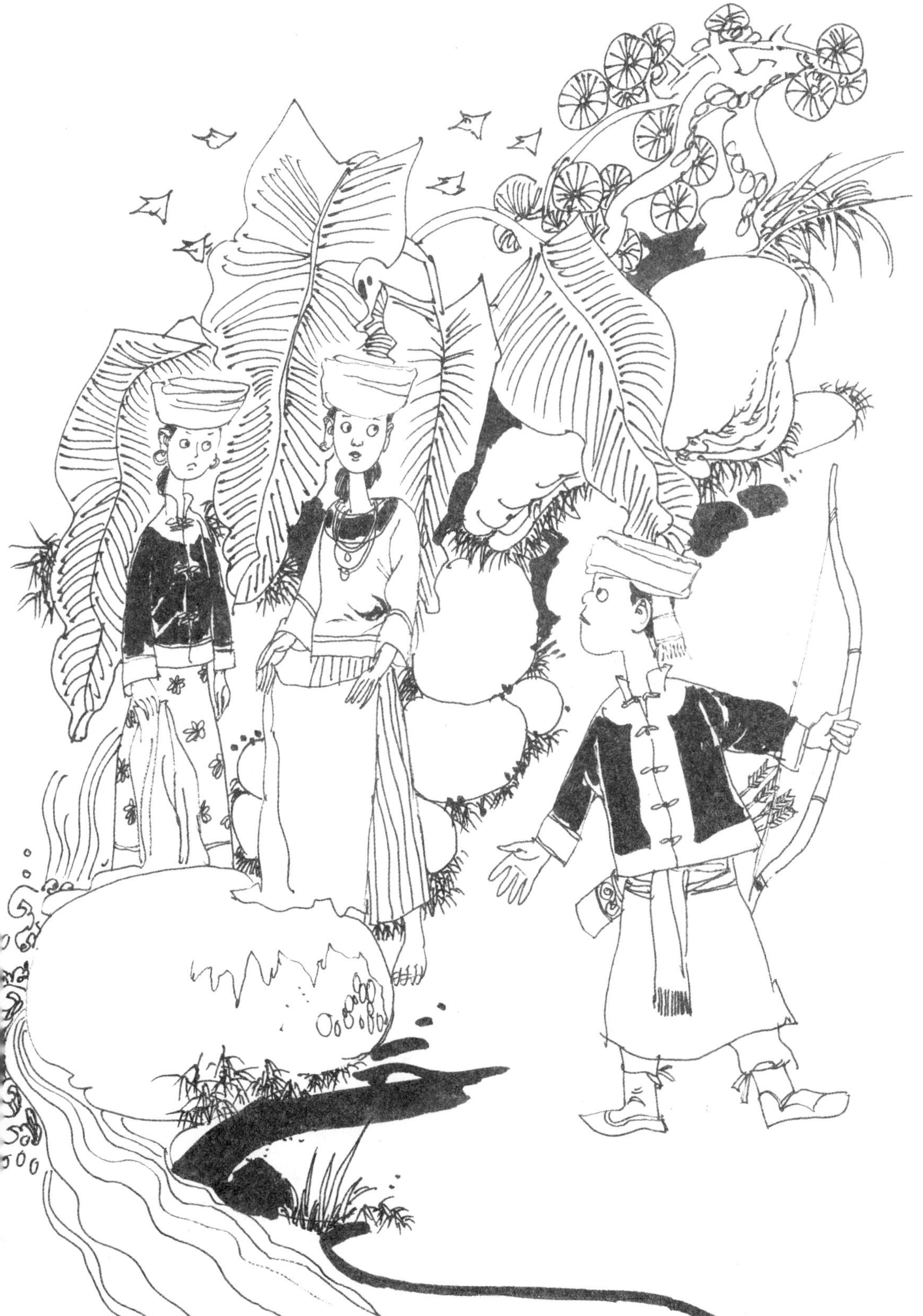

"那只妖蟒有多大?"

妇女说:

"它的原形没人晓得,它能变大,也能变小。"

杜朝选说:

"大嫂,你不要着急,明天我去神魔涧串串,我有办法制伏这个害人的家伙。你把心放宽一点,不要哭了!"

妇女听罢,擦干眼泪,不再哭了。

第二天,杜朝选独个儿向从来没人敢到的神魔涧走去。他果真老远就瞧见一条白光闪闪的大蟒正在沟里喝水。杜朝选瞄准蟒身射一箭,眨眼间大蟒就不见了。

第二天一早,杜朝选又到神魔涧寻找大蟒的下落,找来找去,却找不到蟒蛇的踪迹,只见在山沟沟的泉水旁边,有两个年轻的女子,抱着沾满血迹的白衣服,在大石头上搓洗(当地人们传说,那块搓血衣的大石头,直到如今,还染着鲜红的血迹)。杜朝选想:两个年轻漂亮的妇女,在这荒凉没有人烟的地方洗血衣,她们莫不是蟒蛇变的?杜朝选便走上前去盘问:

"你俩给谁洗血衣?快讲给我听!"

两个女子见有人问,很害怕,吞吞吐吐地说:

"我们洗自己的衣服!"

杜朝选不信,很生气地说:

"你俩一定是妖蟒变的,要不照实说,你们跟天上的飞鸟一样结果,看我的箭法!"说着他就朝天空的飞鸟射出一箭,一只小鸟从天空跌落下来了。

两个女子看见杜朝选有这般惊人的武艺,长得又很入眼,心里暗暗佩服。她两人向杜朝选苦苦哀告:

"我们都是好人,不幸去年被一条妖蟒劫到蟒蛇洞,大蟒硬逼着我们做了它的媳妇。昨天大蟒出洞游玩,没想到去了一会儿,就受伤逃了回来,衣服染满鲜血,到现在箭还带在身上没有拔出来呢!这血衣就是它的。"

杜朝选问:

"它现在在洞里干什么?"

"睡觉呢!"

"它一觉能睡多久?"

"大睡七天七夜,小睡三天三夜!"

杜朝选又问:

"它今天是大睡还是小睡?"

两个女子回答:

"今天正好是大睡!"

"它有什么宝贝吗?"

"别的宝贝我们不知道,只晓得它有一把宝剑,这把宝剑日夜不离它的身边。"

杜朝选一听很高兴,连忙又说,

"你们能不能把那宝剑给我盗了来?"

两人都说:

"能!能!那把宝剑现在正摺在大蟒的枕头旁边!"

两个女子回到蟒蛇洞,一会儿就把宝剑盗出来了。

杜朝选随即手提宝剑,跟着两个女子走进了蟒蛇洞。看见妖蟒正闭眼熟睡,杜朝选举起宝剑咔嚓一声向蟒蛇身上剁了下去,两剑把妖蟒剁成了三节。可是,宝剑断了,杜朝选手里只握着一个剑把。

两个女子亲眼看到年轻的猎人除去了这个眼中的祸害,满心佩服。

两个人商量了一下，对杜朝选说：

"你替我们除掉了吃人的妖蟒，又搭救了我们俩的性命，你待我们的恩德深如大海，无法报答，我们做你的妻子，你可愿意？"

杜朝选一听，一边摆手一边说：

"使不得，使不得。我杀了大蟒，替大家除害，是分内的事。咋能让你们俩做我的媳妇呢？"

两个女子无论怎样求告，杜朝选硬是不依。他竟然头也不回，上山打猎去了。两个女子紧紧跟随在后面，哪里追赶得上。跟了一阵，她们终被落下了。

天黑下来的时候，两个女子没处投宿，只得转回洱海西岸，宿在捉鱼的老夫妇家里（现在的桃源村）。次日，她们又折回原路，一心要去寻找那个为民除害的杀蟒英雄。不知不觉来到苍山脚下，她们已经走得脚酸腿痛，再也不能向前移动了，就在一个龙潭的旁边歇了脚。她们一想起那个寻找不到的猎人，就很伤心，只好朝着龙潭哭了一阵；越哭越伤心，越伤心就越哭，直哭得山摇地动；千愁万恨，没法解开，两个人一齐扑通一声就跳进龙潭去了。

杜朝选打罢猎回到自己家里，心里总是记挂着蟒蛇洞里搭救的那两个女子。天一亮，他就到处去探问两个女子的下落，后来才听说她们俩跳龙潭寻短见了。杜朝选一听，立刻赶到龙潭；他到泉边一看，两个女子已经死在龙潭里。他伤心不过，自己也就跟着跳下龙潭去了。

杜朝选跳进了龙潭以后，立即从龙潭里飞出来三只美丽的彩蝶，两前一后，在龙潭的水面上飞上飞下，形影不离。

传说，杜朝选是在四月二十五日投潭身死的①。年长日久，这三只蝴蝶一代一代传了下来。每年一到这个时候，龙潭的前前后后，就聚来许许多多五颜六色的彩蝶，绕着龙潭飞来飞去，小的像铜圆，大的像银圆。龙潭周围立刻成了蝴蝶的世界。人们就叫龙潭为蝴蝶泉。

龙潭的水清汪汪的，一眼可以看到潭底。潭底水珠成年累月地往上翻腾。在蝴蝶泉的旁边，有一棵大树，叫蝴蝶树，每年一到这个时候，树上开满金黄色的小花朵，散着清香的气味。蝴蝶树上有一根粗大的树枝，像把大雨伞，横遮在整个的龙潭上。各色各样的彩蝶，一个叼着一个的尾巴，从蝴蝶树的各个枝头上，一串一串吊到龙潭的水面上。

讲述：张斋生

搜集整理：李星华

选自贾芝、孙剑冰编《中国民间故事选》

---

① 杜朝选死后，后人在离龙潭不远的坡坡上修了一座小庙子，里面塑了杜朝选的泥像。他和平常人一样，慈眉善眼，下巴飘着三缕长须，是个白面书生模样，肩上却背着一副弓箭，身旁塑着一匹白马。周城一带的老百姓，每到四月二十五日这天，都到蝴蝶泉来赶会，祭奠这位杀蟒英雄。因为杜朝选为众除害有功，他们把他奉为周城的城主。

包白菜姑娘

（湖北·土家族）

从前，有对年老的夫妇，常拿钱物施舍周围的穷人，他们没有儿女。有一天早上，开大门，发现门外躺着三个女叫花子。摸摸她们，发现她们正发高烧，昏迷不醒。夫妇俩便把她们抬进屋里，放到自己床上。老头去山上采来草药，婆婆熬了药喂她们，可是她们还是死去了。老头请来道士为她们开路，将她们埋葬了。

老夫妇种下一块白菜地，有三棵白菜长得又高又粗，又嫩又绿，又包得紧。老夫妇特别喜欢它们。这年腊月二十九，他们把洗了猪脑壳肉的水泼到这三棵菜边，这三棵菜好像在望着他们微笑。他们更不忍心掐这菜叶，任它们生长。清明节前，老头拿着清明吊子和香纸给先辈和三个女叫花子插青，转来在小路上走着。后面有人喊："爷爷！"老头转身一望，来了三个年轻的姑娘，都长得漂亮，又是聪明样儿。老头停下步来。三个姑娘说："爷爷，我们是来服侍您和婆婆的。您带我们回去吧！"老头一听，非常高兴，带她们回家。还没到门前，老头喊道："婆婆，我给你带回了三个宝贝！"婆婆出门来，三个姑娘齐声喊"婆婆"。她高兴得流下了热泪。婆婆问："你们姓什么呢？"大姑娘说："我姓包。"二姑娘说："我姓白。"三姑娘说："我姓菜。"三个姑娘做了这对老夫妇的孙女，种田、喂猪、料理家务，五个人生活得很幸福。老夫妇没留意，菜园中的三棵包白菜不见了。

有一天，土司的一个管家为土司的儿子寻找美女来到了这里。见这户人家的三个姑娘，问了问，便回土司的衙门，对土司讲起，土司叫他去做媒。土司的三个儿子，大的是傻子，老二是瞎子，小的是个恶棍。管家来到这户人家说媒，三个姑娘怎么也不答应。管家说："土司的话就是王法，你们不嫁也得嫁！"三个姑娘说："我们要服侍爷爷和婆婆，如要我们出嫁，你们得出钱给两位老人把装老衣制起，把碑打起。"管家笑道："这好办。"他请来裁缝给两位老人缝好了装老衣，请来石匠为两位老人打好了碑。三个姑娘请石匠在"孝孙女"几个字下面刻了三棵包白菜。当石碑立在一座高山脚下，两位老人去世了，三个孙女为他们办理了丧事。管家对三个姑娘说："你们现在可以出嫁了吧？"三个姑娘说："要等爷爷婆婆过'五七'。""五七"以后，三顶花轿来到三个姑娘的门前，吹吹打打，放鞭放炮，好不热闹。三姊妹上了花轿，要轿夫把她们抬到爷爷和婆婆的坟前，说是要上坟以后再走。她们走出轿来，在坟前烧香、叩头。随后从地面飘起，飞身到石碑上刻的三棵包白菜里去，再也不见人影了。

讲述：孙家香

搜集整理：肖国松

选自《孙家香故事集》

聪明的姑娘

（新疆·维吾尔族）

相传，古时候有个名叫贾拉力丁的农民，他只有一个独生儿子，名叫卡玛力丁。随着日月的流逝，儿子渐渐长成了大小伙子。

贾拉力丁老头儿，想给儿子娶个媳妇。一天唤儿子到面前说道：

"儿呀，如今你已经长大了，在我还活着的时候，你应该学会独立生活。为此，我先吩咐你去干一件事，看看你会干不会干。你去从你放的羊群里牵一只羊到城里卖掉，用卖来的钱买上一些肉和馕，然后把山羊仍然牵回来。"

卡玛力丁牵了只山羊往城里走去。路上，他思来想去，觉得这事很不好办。来到城里，他走遍了市场，都无法完成父亲交给他的任务。他又不好意思把父亲的话告诉别人，向别人请教。回家去嘛，又怕父亲责备，说他傻瓜笨蛋。小伙子正在无精打采、一筹莫展地在街道巷口痴呆呆地站着时，一家大门里走出来一位姑娘，望了望他，问道：

"喂，小伙子，你的山羊是不是卖的呀？"

卡玛力丁一看是个非常漂亮的姑娘，顿时显得很尴尬，手足无措，不知如何回答是好。他愣了一阵，才心慌意乱地说道：

"是卖的。哦，不，不卖！"

姑娘听了，禁不住扑哧一笑，说道：

"你的话咋前言不搭后语呀！看来你有难处，是吗？"

姑娘这么一问，卡玛力丁觉得她不仅是个漂亮的姑娘，而且心地也很善良，大概她有意给自己出个主意。于是，把父亲吩咐他干的事，一五一十告诉了姑娘。原来她是位非常聪明机智的姑娘，名字叫努尔贾玛丽。她忍住笑说道：

"我来指点一下你吧！你先把山羊的毛剪下来，把羊毛打成绳子卖掉，用卖来的钱去买上馕和肉，仍然把山羊拉回去，不就得了吗？走，把山羊牵到我家去，我帮你剪羊毛、打绳子。"

卡玛力丁听了，头脑里这才开了窍。他高兴得不知道说什么是好，一面口口声声感谢姑娘，一面把山羊牵进她家。

姑娘帮助小伙子剪下羊毛，打成绳子。卡玛力丁把绳子拿到市场上卖掉后，买了些馕和肉，又牵着山羊欢欢喜喜地回到家中。父亲高兴地问道：

"孩子，这主意是你自己动脑筋想出来的，还是别人告诉你的？"

儿子把事情的经过，如实告诉了父亲。

贾拉力丁老头儿对姑娘的聪明才智打心眼里佩服，一心想娶这位姑娘做他的儿媳。他马上聘请了媒人去给儿子说亲。经过媒人的撮合，姑娘的父母答应把女儿嫁给卡玛力丁。接着，举行了一个热热闹闹的婚礼，卡玛力丁便跟努尔贾玛丽结了婚，组成了幸福的家庭，生活过得很甜蜜。

结婚后一个月，卡玛力丁要到很远的地方去做一次长途旅行。原来努尔贾玛丽还是位技艺高超的画家呢。她发觉卡玛力丁恋恋不舍地不愿跟自己分离，便在一块白绸子手帕上精心画了一幅自己的像，交到丈夫手中，叮嘱说：

"你外出想起我的时候，看看这幅像，就会像见到我一样地高兴。"

卡玛力丁小心翼翼地把妻子的画像带在身上，登程出发了。他风尘仆仆地行走了一个月后，一天，他掏出手帕想看看妻子美丽的容貌时，突然刮起了大风，把他手中的手帕刮走了。狂风卷着手帕，刮呀刮呀，一直刮到供国王游览憩息的花园里，手帕落在一棵枫树上，被树枝挂住了。

当日下午，国王去花园散步时，看到枫树上挂着一条洁白的丝手帕，感到奇怪，取下一看，手帕上画着一位容貌比太阳和月亮还要艳丽的美女。国王眼馋馋地望着望着，顿时神魂颠倒起来。

这个国王横行霸道，残酷地盘剥百姓。人民被繁重的苛捐杂税压得喘不过气来。他每天都要娶一个妻子，过着荒淫无度的生活。

过了一阵，当他的神志清醒过来后，国王唤来卫士，展开手帕让他们看，并且命令道：

"限你们三天内把这个美女找来，若找不来，就绞死你们！"

卫士找遍全城，第三天才找到了努尔贾玛丽，带回王宫。努尔贾玛丽日夜思念自己的丈夫，眼泪流个不停。国王为了讨取她的欢心，组织了各种各样能使她开心的娱乐活动，可努尔贾玛丽照样愁眉苦脸，不露笑容。

再说卡玛力丁，他的丝手帕被风刮走后，便离开商队的行列，朝风刮去的方向追去。他为了寻找丝手帕，长吁短叹地行走了漫长的路程，吃尽苦头，终于来到了一个城市。他听到城里人们在纷纷议论一条画有美女像的丝手帕的事，从旁问了问，才知道自己的妻子努尔贾玛丽已被国王抢进王宫。卡玛力丁气坏了，他愤慨不已，一心想闯进王宫，杀死国王，砸烂宫殿，将王宫闹个天翻地覆，救出努尔贾玛丽。最后他找到了一位能出谋划策的老太太，把自己的遭遇和想法原原本本告诉了她。老太太对卡玛力丁说：

"孩子，莽撞从事会丧失你的生命的呀！这个国王残暴无情，是个杀人不眨眼的暴君，他毫不同情、怜悯百姓。我给你出个主意，你买些针线、香粉、木梳、篦子，把自己装扮成商贩，到王宫前面叫卖。努尔贾玛丽听到熟悉的声音后，就会知道是你来了，会想方设法跟你接近的。你们可以商量好，从王宫里逃跑出来。除此，再无别的办法。"

卡玛力丁照老太太出的主意办了，来到王宫门口，大声叫卖起来：

"卖香粉哩！卖木梳哩！……"

努尔贾玛丽听到这熟悉的声音，唤过来一名丫鬟，吩咐道：

"去给我买一盒香粉来。"

丫鬟走出王宫来买香粉时，卡玛力丁问道：

"你是给谁买的呀？"

丫鬟回答说："给国王的夫人努尔贾玛丽买的。"

卡玛力丁乘丫鬟不留神的时候，乘机把事先写好的一封信装进粉盒里，交到她手中。

努尔贾玛丽打开粉盒一看，里面装着一封信。她悄悄地看了，原来是丈夫卡玛力丁写给他的，顿时心里十分欢喜。可是，她没有把这个秘密告诉任何人。一天，她写了封信，通过贴身丫鬟送到丈夫手中。信上是这样写的：

"亲爱的，我的心肝！下星期一夜间，你骑匹马来王宫墙后处等候我。待人们熟睡后，我揪着绳子顺着墙滑下来，逃脱国王的魔掌。"

到了约定的日子，卡玛力丁备好马，等到日落黄昏，骑马赶到王宫墙后，站在墙角下等候努尔贾玛丽。他手里攥着马缰，等着等着，竟然坐在地上睡着了。这时，突然溜过来一个强盗，夺下马缰，要跨上马逃走时，忽见顺着宫墙滑下来了一个姑娘。他立刻把姑娘扶上马，两人一前一后骑在马上，催马跑开了。跑啊跑啊，到了天蒙蒙亮时，努尔贾玛丽一看，马上骑的并不是自己的丈夫，而是一个强盗。她刚逃出虎口，又落入强盗手中，不知如何是好。强盗把努尔贾玛丽带到自己家里，关在一间房子里。

一天，努尔贾玛丽趁强盗外出行盗的机会，女扮男装，从强盗家中逃出。她来到一个邻国的城市时，看到好几千人拥拥挤挤地站在一起，抬头望着天空。努尔贾玛丽觉得奇怪，抬头一看，只见一只飞鸟在天空盘旋。她走过去向人们鞠了一躬，问道：

"出什么事啦？你们都在这儿干什么呀？"

几个老百姓说道：

"城里的国王死啦。天上飞的鸟儿落在谁的头上，谁就是国王。人们都来这儿碰运气哩……"

话还没有讲完，那只鸟在天空盘旋了几圈，就飞来落在努尔贾玛丽的头上。人们顿时"呜啦！呜啦"地呼喊起来，到她面前，向她表示祝贺。并簇拥着她来到王宫，请她登上王位。

一天，努尔贾玛丽画了张自己穿妇女衣裳的像，吩咐卫士贴在王宫门口，并命令说：

"谁要是看了这张像哭或者笑，都把他带进王宫里来！"

一天，一个骑马的人经过王宫门口时，望着门上挂的女人像，放声哈哈大笑起来。卫士立刻把他带进王宫。努尔贾玛丽一看，这人原来是抢她到王宫的那个国王，命令武士立刻把他投入监狱。过了数日，王宫门口又走过来一个人，他望着画像嘿嘿笑了笑。卫士立即把他带进王宫。努尔贾玛丽一看，是那个强盗，命令把他也关入监狱。

过了许多日，又走过来一个人，望着王宫门口的像，竟哭起来了。卫士把他带到王宫，国王努尔贾玛丽一看是自己的丈夫卡玛力丁，便命令把他单独关在一间房子里。

第二天，努尔贾玛丽吩咐，把全京城的人统统召集起来，她登上楼台，对武士命令道：

"把牢狱关押的两名罪犯带出来，处以死刑！"

武士立刻把两名罪犯五花大绑，带到刑场，送上绞架活活吊死。人民听说被处死的一个是邻国残暴的国王，一个是无恶不作的强盗，无不拍手称快。

努尔贾玛丽国王又命令把被关着的卡玛力丁带来。她摘去头上的王冠，脱掉身上的王袍，对民众们讲述了自己的苦难遭遇。民众们见国王披着一头浓密乌黑的头发，穿一身艳丽的女装，方知她原来是一个了不起的英雄女子，十分敬佩她的聪明才智，并祝贺他们夫妻团圆。最后，国王提出要跟卡玛力丁返回自己的家乡去和父母团聚，可是民众们怎么也不答应。根据民众的要求，卡玛力丁当了他们的国王。从此，卡玛力丁和努尔贾玛丽公正地管理着这个国家，人民过着幸福的日子。

讲述：赫利力·斯板尔

搜集整理：买买提·尼牙孜

选自《新疆民间文学》

同路青年

（新疆·哈萨克族）

一个老人在归家的途中结识了一个青年，他们结伴同行。半路上，太阳烤得人火烧火燎的，戈壁滩上连一棵遮阳的树都没有。两个人骑在马上浑身冒汗。青年对老人说："老大爷，请您把这漫长而又荒凉的路缩短些好吗？"老人心想："这个青年人真糊涂，我既不是神仙，又不是魔鬼，怎么能把路缩短呢？"老人心里不高兴，没有理他。

走了一阵，青年又说："老大爷！您看天这么热，咱俩走得又热又渴，请您在马上烧茶喝行吗？"老人心想："真是越说越不像话了，我活了这样大的年岁，还从没听说过有人能在马背上烧茶的。"老人低着头还是没理他。

两个人走到中午，眼看快到河边了。青年说："老大爷，马也太乏了，咱们把马丢到河边去，换两匹好马骑吧！"老人这时忍不住生气地说："瞧你这个人，看起来挺聪明的，可说的尽是些傻话。这荒郊野外，谁能给你送马来呢！"青年笑了笑，又继续往前走。

过了河，迎面来了一群人，其中有两个人抬着一具死尸。这时青年问老人:"老大爷,这个人是已经全死了,还是只死了一半呢?"老人一听,气得胡子都直了,瞪着眼睛说:"你也好好睁开眼睛看看,死人身上都缠上白布了,难道还能有一半是活着的吗?"青年没有回答,又继续跟着老人赶路。

走着走着,青年看见路两旁麦地的麦苗绿油油的,又对老人说:"老大爷,我还要问问您,这些麦苗是已经被人吃光了呢,还是没有吃呢?"老人这时叹了一口气说道:"唉!可怜的愚笨的孩子呵,让真主赐给你智慧吧!这地里明明长着麦苗,怎么就会被人吃光了呢?这真是从来也没有听过的事。你岁数太小呵,还什么也不懂得呢!"正说着,又来到一个小河边。老人说:"过了这木桥不远,就到我住的阿吾勒①了,今晚你到我家去住吧!"青年说:"不!老大爷,谢谢您,我今晚就在这桥边过夜,您快回家去吧!"老人只好自己走了。他刚走了不远,青年又把老人叫住问道:"老大爷,您家里都有些什么人?"老人说:"我只有一个女儿。""那您在进门之前最好先问一声'谁在家?'然后再进去。"老人答应一声就走了。

老人回到自己的毡房门口喊道:"谁在家?"这时毡房里回答道:"爸爸我正在洗澡,请您等一会再进来吧!"老人下了马,卸了马鞍,坐在羊圈旁,心想:"我和这个青年走了一路,听了他一路糊涂话,只有这最后一句话,还说得不错。我要是不问一声,该多不方便呀!"这时姑娘出来了,梳洗得比十五的月亮还漂亮,笑吟吟地把老人接进屋里,跟着就赶紧烧起茶来。

老人坐在丝尔马克②上,一边脱靴子,一边对女儿说:"我和一个

---

① 阿吾勒:指若干牧户组成的游牧群,后引申为"村庄"。
② 丝尔马克:哈萨克语,即花毡。

年轻人走了一路，也生了一肚子气。"姑娘问："生什么气呀？"老人说："这小伙子看来倒挺聪明英俊的，其实却是个傻瓜。他在路上让我把路缩短，你说说看，我既不是索罗门①，又没有摩西的手杖②，怎能把路缩短呢？"姑娘说："您为什么不给他讲故事呢？要是一边讲着故事，一边走路的话，路虽然长，不是不知不觉地就缩短了吗？"

老人又说："走了一会，他又叫我在马上给他烧茶。这该是从来也没有过的事吧！"姑娘笑着说："您给他吃点纳斯不就行了吗？纳斯不是也能止渴吗？"老人只好接着说："算你说得有理。可是走到河边，他又叫我换匹好马。你想，在那没人的地方怎么会有别的马呢？"姑娘说："他不是叫您真的换一匹马，是叫您把马放到河边去饮饮水、吃点草，休息一下再走，不就是把乏马换成好马了吗？"老人点了点头，还是不服气："后来迎面抬来了一具死尸，他却问我：'这人是全死了呢，还是只死了一半？'这不是胡说又是什么呢？"姑娘说："爸爸，这青年问的是死人有没有后代。如果有的话，就说明只死了一半，死人没有做完的事业，可以由他的后代继续完成。如果没有后代的话，那才是全死了呢！"

老人嘘了一口气，最后说道："他见了刚刚出苗的麦地，却问我麦子是不是已经被人吃光了，你说说，这是怎么回事呢？"姑娘想了一下说："他问那块地的主人是不是个穷人。如果是穷人的话，去年秋天打的粮食，这时已吃光了。麦子刚刚出苗，只好向巴依去借粮食，等到秋天麦子黄了，打下来再还给巴依。这不就是把刚发出苗的麦子提前吃光了吗？"老人听了，半天低头不语。姑娘又说："爸爸，俗话说，活的

---

① 索罗门：民间传说中的圣人，有很大法力。
② 摩西的手杖：民间传说中的圣人的手杖，有很大魔力。

岁数大，不一定知道得多；走的地方多，才能知道得多。依我看，那个青年人倒是个聪明人呢！"老人想了一会，点了点头。

姑娘又接着问道："他今晚住到什么地方了？您没有让他到咱家来吗？"老人说："他住在阿吾勒前边的小桥旁。你烧好了茶，找个人给他送去。"姑娘烧了一壶加了胡椒的奶茶，拿了一个圆圆的馕，在馕上面厚厚地抹了一层奶油，叫邻居一个小孩给送去。小孩临走时，姑娘嘱咐说：你把这些东西，送给小桥旁的那个年轻人，并对他说——

清清的湖水，
变成乳白色。
圆圆的月亮，
被厚云遮着。
美丽的花儿，
这里只有一朵。

小孩答应了一声，飞快地跑了。半路上不留神，摔了一跤，奶茶洒了一半。小孩又贪吃，走着走着把馕又吃了多半个，奶油也剩下薄薄的一层了。小孩来到小桥旁，把吃的东西交给了青年，又把姑娘嘱咐的话说了。年轻人吃了馕，喝了茶，对小孩说：请你回去替我谢谢姑娘，并对她说——

乳白色的湖水，
快要干枯了。
十五的月亮，
变成初一的月牙儿。

勤劳的蜜蜂，

　　还没飞到花儿身旁。

　　小孩回到阿吾勒，又把青年的话告诉给姑娘。姑娘说："你太淘气了，为什么路上洒了茶，又偷吃了奶油和馕呢？"小孩吐了吐舌头，奇怪地想：她怎么会知道呢？姑娘又说："罚你再去一趟吧，就说，我爸爸请他到我家来做客，还有话要和他说呢！"于是，青年来到了姑娘的家。后来，有人说，他俩结成了阿吾勒里最让人羡慕的好伴侣。

翻译整理：常世杰
选自《哈萨克族民间故事》

兄弟分家

（贵州·侗族）

很久很久以前，在一个村子里，有弟兄俩。哥哥名字叫大郎，弟弟叫小郎。他们的父母老早就死了，给他们只留下几亩毛田①、一头牛和一只黄狗。

大郎很懒，成天待在家里，不下地干活；放牛犁田都是小郎一个人的事。

有一天，大郎对小郎说："小郎，人大要分家，树大要分权，我俩现在已经都是大人了，咱们分家另过吧！"

小郎回答说："哥哥，现在咱们过得很好。别分算啦！"

大郎听了很生气地说："一定要分！你总是等我把饭菜做好，吃现成的。我不干。"

小郎拗不过大郎，就答应了。

大郎先占了几石较好的田和那头牛，把两石较差的毛田和黄狗分给

---

① 毛田：荒田。

了小郎。

分家后,大郎照旧不爱动弹,连牛也不放。他的牛饿得只剩一副骨架,走起路来,东倒西歪;小郎把黄狗喂得油光肥胖,天天带着黄狗上山挖地、砍柴,日子过得挺好。

春耕的时候到了,小郎耕田没有牛,愁住了,连饭也咽不下去。

有一天,他正闷闷不乐地坐在灶前打瞌睡,黄狗向他汪汪地叫了一阵。他醒了,赶快扛起锄头,拿着镰刀,带着黄狗下地挖田。他挖了一会,累了,就坐在地边喘气。黄狗站在主人的面前,又汪汪地叫了几声。小郎问黄狗道:"黄狗,黄狗,你叫唤什么?你能帮我犁田吗?"

没想到,黄狗在田野里来回地溜了几趟,做出犁田的模样。小郎一见,非常高兴,就决定让黄狗给他犁田。

小郎做了一套小犁耙,天天早上套上大黄狗去犁田。

大郎看到小郎的田翻得软松松的,很纳闷,就去问小郎:

"小郎,是谁给你犁的田?"

"我自己犁的。"

"哪来的牛?"

"我有我的大黄狗哩。"

大郎听说狗能犁田,非常奇怪,硬要把小郎的黄狗借去试试。小郎就借给他了。

大郎满指望黄狗能给他犁田,可是大黄狗一走到大郎的地边,就一步也不走了。大郎气得抡起鞭子就打,三打两打,就把大黄狗打死了。

天黑了,小郎还不见黄狗回来,就到哥哥家去找。

"哥哥,我的黄狗呢?"

"谁晓得你那倒运的畜牲死到哪儿去了!"

小郎见哥哥黑虎着脸,不敢再问,就溜走了。小郎到处寻找,左找

也不见,右找也不见,末了在厕所背后的竹篱笆旁边找到了,大黄狗已经死得僵硬了。他很伤心,抱起黄狗,一边走一边哭:

分家分得一只狗,
犁地它在前面走;
哪个打死我的狗,
叫我小郎好难受。

小郎哭罢,就把黄狗埋在园子里,亲手垒起一座土坟。每天早晚,他都要到坟上看看。

一天早上,小郎看到黄狗的坟顶上裂开一道缝,从缝里冒出一棵黄澄澄的竹笋,闪着耀目的金光。晚上小郎又到坟上看时,笋子已经长成一棵漂亮的楠竹了。小郎高兴极了,他一边摇着楠竹一边唱:

摇钱树,聚宝盆,
早落黄金晚落银,
早落黄金千万两,
晚落白银千万斤。

小郎刚一住嘴,银块、金条、金银珠子,真的噼里啪啦、接连不断落了一地。他就赶快把金子、银子捡起,装满了两兜。以后天天去看黄狗的坟时,每次都摇着楠竹,唱着同样的歌,金子、银子照样又落满一地。

大郎看到小郎有很多金子、银子,就问:"小郎,你打哪偷来的金子、银子?"

"不是偷的,是我从园子里的那棵楠竹上摇下来的。"

大郎又问:"是真的吗?现在还有没有?"

"多着哩,你只要去摇,就会落下来。"

"你怎么摇的?"

小郎就把他怎样摇楠竹和唱歌的情形,一五一十告诉了大郎。

大郎听了很高兴,立刻就挑了两个大筐子,连蹦带跳跑到园子里。他走到黄狗的坟上,一把抓住楠竹,刚要摇唱,噗嗒嗒有好多毛毛虫,一只接着一只,掉在他的头上、脸上、手上……大郎的全身都是毛毛虫了。毛毛虫很快又钻进了他的衣服,把他刺得到处又痒又痛,他只得躺在地上乱滚。

大郎气极了,立刻回家取了把柴刀①,把楠竹砍了。

第二天,小郎又到园子里来,看到楠竹被人砍了,心里很悲痛,就把竹子扛回家。一路上又一边哭一边唱:

> 分家分到一只狗,
> 犁地它在前边走;
> 哪个打死我的狗?
> 叫我小郎好难受。
> 狗儿坟上生棵竹,
> 早落黄金晚落银;
> 哪个砍了我的竹,
> 叫我小郎好伤心。

---

① 柴刀:是专用来砍竹和柴的刀,较一般刀子厚重而大。

小郎把竹子破成篾，编成了一个大鸡笼，挂在屋角上，准备逢集拿去卖。没想到邻近的鸡婆、山鸡都争着到他的鸡笼里来下蛋，一个下完接着又飞来一个，一天就下了好多蛋。

小郎又欢喜起来，就把鸡蛋挑到街上去卖。

大郎知道了这事，又跑来问小郎："小郎，你的鸡蛋是打哪儿偷来的？"

"不是偷的，是飞来的一群鸡婆和山鸡在我的鸡笼里生的。"

"小郎，把你的鸡笼借我用一个月吧！"

小郎就把鸡笼又借给大郎了。

大郎把鸡笼挂在自己的屋角上，不到一会儿工夫，鸡婆、山鸡接二连三地飞到鸡笼里，"咯咯哒，咯咯哒"地叫起来。

大郎连忙跑到鸡笼旁边，正要伸手去拿鸡蛋，但是看到鸡笼里一个蛋也没有，却装满一笼鸡屎。他气极了，立刻把鸡笼踩烂，放火烧了。

小郎看到鸡笼又被哥哥烧掉了，很心疼，就把鸡笼烧成的灰，装在一个盆里，带回家去。他一边走一边哭：

> 分家分到一只狗，
> 犁地它在前面走。
> 哪个打死我的狗，
> 叫我小郎好难受。
> 狗儿坟上生棵竹，
> 早落黄金晚落银。
> 哪个砍了我的竹，
> 叫我小郎好伤心。
> 竹子编成大鸡笼，

鸡婆生蛋在笼中。
哪个烧掉我的笼，
叫我小郎好心疼。

这回小郎的狗、楠竹、鸡笼都没有了。他就独自背着锄头，天天到山野里开荒。他选了一块山坡地，种了一棵南瓜，把那盆鸡笼灰倒在瓜地里做肥料。

南瓜长得真快，种下去第一天就发芽；第二天叶子长出来了；第三天就吐出嫩绿的瓜藤；第四天瓜藤蔓延了一山坡；第五天山坡开满了金黄色的南瓜花；第六天山坡上累累地结满了瓜。最大的一个南瓜，有八九尺高、两抱粗，在山坡上显得格外耀眼。小郎管它叫"瓜王"。

有一个猴子，从地边走过，看到结了这许多瓜，就摘了一个扛回猴洞去了。它对留在洞里的猴子们说："有一座山上，南瓜多极啦！快去摘吧！"

晚上猴子就结成大队，到山上去偷南瓜，一下偷走了一大半。小郎看到他的南瓜被人偷走，心里很着急。

当天黑夜，小郎就亲自到山坡上看守南瓜。他把"瓜王"挖了一个洞，钻进去，想看看到底是谁来偷南瓜。

到了半夜，猴子们又都结队来了，把所有剩余的大小南瓜都偷光了，只有"瓜王"它们扛不动，不得不把它留下来。

大猴子看着小猴们抬不动"瓜王"，就提议请猴仙来帮忙。

小猴子们马上跑回洞里，把金杯子、银杯子都搬了来，摆在离南瓜王不远的地方，并且点起红蜡，烧着高香，猴子们个个叩头礼拜，请猴仙下凡。

小郎在瓜里听得一清二楚，又看得明明白白，就在大南瓜里面

"呔"地猛喊了一声。猴子听到"瓜王"吼叫起来，吓得四处乱跑，没来得及把金杯、银杯带走。

小郎听到外边的吵嚷声平息了，就慢慢地从"瓜王"里爬出来，把那些黄澄澄、白花花的金杯、银杯一齐揣在怀里，回家了。

大郎看到小郎家里有金杯、银杯，就又跑来问小郎：

"小郎，你打哪儿偷来的这些宝贝？"

"不是偷来的，是我昨晚上从南瓜地里捡来的。"

小郎就把他怎样用鸡笼灰肥南瓜秧，又怎样长出一个"瓜王"和猴子来偷南瓜的事情，一五一十地都告诉给大郎。

天一黑，大郎也摸到南瓜地，像小郎那样钻进"瓜王"里。等着，等着，等到半夜，猴子们真的又来了。这次猴子并没有带什么金杯、银杯来，只引来更多的猴子。它们一到地里，就七手八脚地把"瓜王"抬走了。猴子们摇摇晃晃地抬着"瓜王"走了很久，不知不觉大郎就在里面睡着了。

猴子把"瓜王"抬过高山，抬过水沟，正抬到一个石壁峭立的大岩顶上，大郎忽然醒来了。他听到外面吵吵嚷嚷，以为是猴子正在摆供请猴仙哩。他就照样"呔"地大吼了一声；猴子听到"瓜王"又吼起来了，立刻摔掉"瓜王"，没命地乱跑。"瓜王"从岩顶上滚落下来，滚呀，滚呀，直滚到山脚下，已经碰了个稀烂；躲在"瓜王"里的大郎就甭提了。

搜集整理：铁夫、露迅、秋鸿、北辉

选自《民间文学》

三句话

（新疆·哈萨克族）

从前有一个巴依，他有一个儿子，每天放牧马群。一天，这个小伙子正在放马的时候，来了一位老人对他说："年轻人，如果你能送给我一匹牡马，我可以教给你三句珍贵的话。"小伙子说："好吧，我送给您一匹马，请教给我三句话吧。"

老人说："年轻人你要记住，当你饮过井水之后，不能再朝井里吐口水；早晨的饭一定要吃饱，当你右手要去打人的时候，左手一定要去阻拦。"年轻人牢记住老人的话，给了老人一匹牡马就回家里了。他一进门，巴依就问他："孩子，咱们的马群平安无事吧？"年轻人说："爸爸，我学会了三句珍贵的话，付给人家一匹牡马。除此之外，咱们的马都平安无事。"

巴依听了之后大怒，就将这个牧马的儿子从家里赶出去了。牧马人无家可归，只好在草原上到处流浪。一天，他来到一座城市，走到汗王的宫前。汗王的侍从看到城里突然来了个陌生人，就过来问他："喂！年轻人，你是干什么的？为什么到处闲逛？"牧马人说："我身体健康、精神正常，如果能找到工作，我才不想到处闲逛呢？"侍从进到王宫里对汗王说："启禀汗王，外面来了一个年轻人，他看样子既聪明又能干，想找点活干。"汗王听了，就召牧马人进宫。一看这个牧马人身体健壮，面庞英俊，双眼闪耀着智慧的光芒，就高兴地吩咐说："你就留在王宫里，给我当守卫吧！"牧马人愉快地同意了。

过了不久，汗王的夫人看中了这个英俊的守卫者，从早到晚缠着他。牧马人非常为难，他想："我用那匹牡马的代价，学了那位老人的三句话。第一句话就是，'当你饮过井水之后，不能再朝着井里吐口水。'汗王对我这样照顾和重用，我若是再做对不起他的事，这岂不是等于喝了井水，反过来再朝井里吐口水吗？我决不能做那种负心事。"

王后遭到了拒绝之后，就反过来到汗王面前告了牧马人一状，说牧马人要把她抱在怀里。汗王听了之后大怒，决定要杀死牧马人。汗王告诉山里的挖煤工人，第二天清早要把第一个去煤矿的人抓住，无论他是谁，都要扔到火塘里烧死。然后，汗王就命令那个牧马人，第二天一清早，到煤矿上去驮一口袋煤回来。牧马人高兴地答应了。第二天一清早，他就拿着口袋准备到矿上去驮煤。走到半路上，遇见一位老大娘，她对他说："喂！年轻人，一大早你到哪儿去？进来吃完早饭再去吧！"牧马人说："老大娘，我很忙，汗王命令我驮煤去。"老大娘说："年轻人，天还早呢，先吃饱肚子再去吧。"这时牧马人想起了用一匹牡马换来的第二句话："早晨的饭一定要吃饱。"于是牧马人就进老大娘的家中去吃饭了。王后还是不死心，听说牧马人一早去煤矿驮煤，还想要再见他一面。因此，她也一早偷偷地到煤矿上去了。早就按照汗王的命令在煤矿上等候的工人们，看到第一个来煤矿上的人原来是王后，因为汗王吩咐过，第一个来的无论是谁都要烧死，便七手八脚地把她绑起来，扔到旺火塘里烧死了。

牧马人在老大娘的家里，将早饭吃得饱饱的，然后来到矿上，装满了一口袋煤驮回王宫里来了。汗王看到小伙子按照他的命令完成了任务，并活着回来了，心里非常惊奇。再一找王后却不见了，问起来，宫里的人谁也不知道。于是就去问矿上的人，挖煤的工人们说："陛下，今天来矿上的第一个人是王后，我们按照您的命令，已经把她扔到火塘里去了。"汗王后悔不及，心中暗想："这个牧马人一定是个魔鬼，我一定要杀死他。"当汗王抓住他，要杀他时，牧马人说："尊贵的汗王陛下，在我生命的最后时刻，请您允许我说几句话，然后您再处死我，好吗？"汗王同意了。牧马人说："陛下，我原是一个巴依的儿子，已经结过婚了，还有一个小孩。我以前只是在草原上放牧自己的马群。一天，我用一匹牡马向一位老人学会了三句珍贵的话。第一句话是，当你饮过井水之后，不能再朝着井里吐口水；第二句话是，早晨的饭一定要吃饱；第三句话是，当你的右手要去打人的时候，左手一定要去阻拦。当天晚上，回家告诉我父亲这件事后，他大发脾气，把我从家里赶了出来。我只好到处去流浪。后来承蒙陛下的恩典，让我给您当了一名卫士。但是王后她从早到晚老是缠着我。我当时就想到那老人教给我的第一句话。您对我这样好，我怎么能对您做出那种违反道德的事呢！因此得罪了王后，遭到她的污蔑。那天清晨我在去矿上的路上，遇到了一位老大娘，她说让我吃过早饭再去。我想起了那位老人教给我的第二句话，因此，我就留在老大娘的家里吃饱了饭才去的。其他的事我就不知道了。"

汗王听了这个老实的牧马人的话后说："是呵，你没有罪过，王后她是自讨苦吃。"于是汗王送给小伙子很多东西，让他骑上高头大马回家去了。

牧马人在路上一边走着一边寻思着："我离家很多年了，不知道家里的情况有什么变化。我的妻子是否还在家里等着我？小孩怎么样了？"一直走到夜里他才回到家。他悄悄地进屋一看，他的妻子和一个年轻的小伙子睡得正香。他不禁大怒，刚要举起右手去打他们，忽然想起从老人那里学来的第三句话，当你用右手打人的时候，左手一定要去阻拦。他停下右手，正不知道怎么办才好时，他的妻子惊醒了，睁眼一看，原来是自己的丈夫回家来了。这时他生气地质问妻子："这个和你在一起睡觉的青年，他是谁？我一定要好好地惩罚你。"只见他的妻子不慌不忙地说："我长久以来一直想念的丈夫呵，你错怪了我。你也不想想你离家已经多少年啦。你走的时候，咱们的孩子还小，现在不该长大了吗？这就是咱们的孩子呵！"牧马人一看，这个青年果然长得和自己年轻时一样，急忙亲吻孩子，又向妻子赔不是。从那以后，全家人一直过着幸福安详的日子。

搜集整理：常世杰

选自《哈萨克民间故事》

两老友

(云南·白族)

从前,有两个老友,一个良心最好,一个良心最黑。两个人一路到远方去做生意。良心好的吆着八匹油光水滑的大肥骡子;良心黑的吆着两匹皮包骨的瘦骡子。良心黑的看中了老友的八匹好骡子,总想找机会谋害老友。

两人黑夜白天赶路,走着走着,遇到了一条白茫茫的大江,江上搭着一座铁桥。他们吆着牲口正从桥上走过,良心黑的忽然转过头来对他的老友说:

"老友,你可见过两个脑壳的鱼吗?"

"没见过!"

良心黑的在桥栏杆跟前停住脚步,指着江水高声说:

"你看,两个脑壳的鱼游过来了!快看,钻进去了,又游过来了!"

良心好的趴在桥栏杆上正往下看,良心黑的从身后倒扯着老友的两只脚,狠心地把他丢进江心。他心满意足地吆着那八匹好骡子逃跑了。

良心好的赶马人会凫水,没有被淹死。太阳落山的时候,他从江里爬起来了。他上岸后不到抽完一斗烟的时候,天大黑了,分辨不出方向,他只得往前瞎走;走了一阵,才摸到一座山神庙。良心好的赶马人向山神诉苦说:

"山神,山神,我在江的桥上遇了难,我那八匹好骡子,全叫那个黑心人赶走了。现在我身上一文钱也没有,又饥又渴,也找不到投宿的地方,叫我咋办?"

山神说:

"小伙子,你爬上树去。等到半夜,你好好听着,听见的话千万不要忘掉!"

小伙子爬上庙前的一棵大树,一声不响地偏着耳朵听着。等到半夜时分,忽然耳旁呼呼呼刮了一阵大风,接着咕咚一声响,半天空掉下了一个东西。山神说话了:

"豺狼,你从哪里来?"

豺狼说:

"我从对面不远的坡坡上来。"

山神说:

"那里可有什么稀奇事?"

豺狼说:

"有,有!那里住着穷苦的母女俩,她们成天受苦挨饿,可是不晓得自己院子里那棵石榴树根下面埋着一缸金子、一缸银子。"

山神说:

"想办法让她母女把金银挖出来多好呀!"

豺狼说:

"可惜我是一只豺狼,不会变。我要能变成一个小伙子,就去上她姑娘的门①啰,听说那个受苦的老妈妈正替她姑娘选女婿呢!"

山神说:

"不要说了,快睡觉去,小心你的话走漏风声!"

豺狼不讲话了,蜷在地上,呼呼地大睡起来。

歇了一阵,又听得咔嚓一声响,大老虎回来了。山神问老虎:

"老虎,你从哪儿来?"

老虎说:

"我从西边那座大山里来。"

山神说:

"大山里可有什么稀奇事?"

老虎说:

"有,有!大山的悬崖上,有一条大蟒,嘴里含着一颗亮晃晃的夜明珠!"

山神说:

"这宝物好是好,含在大蟒嘴里咋拿呀?"

老虎说:

"可惜我是一只老虎不能变,我要是能变一个人,就用埋着金银的那棵石榴树上的枝条去夺蟒嘴里的宝物。大蟒最怕闻见这种石榴树枝条的气味,它一闻到这种气味,就会把夜明珠吐出来。"

山神说:

"不用说了,天不早了,你也累啰,快去休息吧!"

老虎不讲话了,蜷在地上,呼呼地大睡起来。

---

① 上她姑娘的门:即入赘。男人到媳妇家当女婿,而不是把媳妇娶到男家来。过去这种婚姻制度在滇西很盛行。入赘以后,夫随妇姓。

歇了不多久，又听得啪啦一声响，金钱豹子也回来了。山神对豹子说：

"豹子，你从哪儿来？"

豹子说：

"我到京城皇宫里走了一趟。"

山神说：

"皇宫里可有什么稀奇事？"

豹子说：

"有，有！娘娘胸口生了疮，请了不知多少医官，药罐堆成了山，病也没医好。现在京城四下张贴皇榜，谁能医好娘娘的病，要官有官做，要钱有钱花。"

山神说：

"没有灵丹妙药，咋能医好这份冤孽病症呀？"

豹子说：

"可惜我是一只豹子，不能变。我要是能变，就变成一个医官，拿我们庙子顶顶上的那棵灵芝草，去京城给娘娘医治疮。"

山神说：

"不要说啰，天不早了，快些睡觉去吧！"

金钱豹子不讲话了，蜷在地上，呼呼地大睡起来。

野兽们对山神讲的话，小伙子在树上听得一清二楚。过了一会，豺狼、大老虎、金钱豹子睡醒了，都呜呜呜地吼着走了。天快麻麻亮了，小伙子从大树上溜下来。山神问他说：

"它们讲的话你都记住了吗？"

小伙子说：

"记住了！"

山神说：

"你就按照它们的话去做吧！"

小伙子别了山神，赶紧爬到庙子顶顶上，拔下了那棵灵芝草，用挑花手巾包裹起来，掖在兜兜里，就去寻找前面坡坡上住着的两母女。他一找就找着了。他拜见了老妈妈，把自己的遭遇和来意告诉了她。老妈妈一听很高兴，说：

"这门亲事，是神指应下的！"

小伙子和老妈妈的女儿就成了亲。

晚上，小伙子对妻子和岳母说：

"我的脚走疼了，烧点热水让我洗洗脚吧！"

老妈妈给女婿烧水；水烧好了，妻子把水端来让他洗脚。脚洗完了，他还是喊脚疼。他又说：

"我在家里的时候，脚一疼，什么都治不好，只有用石榴树根熬下的水洗，才能止疼。"

两母女拿起锄头，到院子里去挖她们那棵石榴树的根根。小伙子也帮着一块挖。三人挖了一阵，从石榴树根根下面挖出一缸金子、一缸银子。

老妈妈选了一个好女婿，姑娘配下了个随心合意的丈夫，一家人又从他们的石榴树根根下面挖出了一缸金子、一缸银子，三个人乐得不知怎样才好。

过了几天，小伙子辞别了岳母和妻子，要到京城去给娘娘治疮。妻子含着泪劝丈夫不要远走京城，老岳母也愿意女婿多留几天再走。她们都说：

"京城里的名医多如牛毛，你是个赶马人，从来也没有学过医道，咋能把娘娘的病医好呀？还是不去的好。"

小伙子说：

"我准能医好娘娘的病，你们放宽心好了。医好了娘娘的病，就来接你们。"

临走时，岳母让他多带上些金钱，对他说：

"穷家富路，多预备下些盘缠才好。"

他摇摇手说：

"我一样也不带，只要一根石榴枝条。"

他拿上灵芝草和石榴枝条，直奔西山，取大蟒嘴里的那颗夜明珠去了。

果真，在西山悬崖上的洞洞里，他找到了嘴里含着夜明珠的大蟒。他只把石榴枝条在大蟒面前晃了一晃，大蟒嘴里的那颗夜明珠就落在地上了。他从地上拾起了宝珠，就上路到京城去给娘娘治病。

一来到京城，他看见午门外有成群结队的人围着看皇榜。人们高声念着皇榜上的大字。他上前一把扯掉了皇榜。皇门官看见皇榜让一个穿烂衣的乡下人扯掉了，很不高兴，大声呵斥他：

"哪儿来的乡下人，真胆大，竟敢扯掉午门皇榜。看你土头土脑，咋能学得医治娘娘病的医道呀？"

小伙子说：

"你不要这样小看人！我要是没有仙丹妙药，怎敢扯掉皇榜呢？"

皇门官奏明了皇帝。皇帝立即下令请医官进宫。

皇帝看见医官是个乡下来的小伙子，半信半疑地问：

"医官，你真能医好娘娘的病吗？"

小伙子说：

"准能医好！"

皇帝说：

"好，我现在给你三天期限，要是三天以内把娘娘的病治好，我一定重重赏你；要是三天医不好，那你就得受罚！"

小伙子说：

"保证三天以内医好！"说着，把灵芝草递给了皇帝，对皇帝说道，"把这棵仙草用清水洗净，捣碎敷在患处，一天换一次，只要换三次药，保险娘娘的病一定会好。"

果真，照他的办法给娘娘只换了三次药，娘娘的病就好了。皇帝高兴极了，把小伙子找来说：

"你可愿做官？"

小伙子说：

"我不愿做官，要早日回家和妻子团聚。"

皇帝便送给他一批金银珠宝，派了一个钦差官护送他回家，又在他的村子里给他修盖了一幢房子。小伙子把上门的妻子、岳母都接到这所新房子来住。一家人，日子过得十分美满。

有一天，小伙子听见门外有叫花子讨饭声，声音很熟。他开开大门一看，在门口讨饭的正是把他丢到江心里的那个黑心的老友。小伙子一看见是他的老伙伴，什么仇恨全都忘光了，脱口喊了一声："老友！"

"哪个是你的老友？我不是你的老友，有钱人哪会有讨饭吃的老友呀？"那叫花子头也不抬地回答。

"一条鱼有两个脑壳的事情，你还记得吗？"好心的赶马人进一步问道。

叫花子听了这话，仰头看了看站在面前讲话的人，立刻吓得浑身颤抖起来。

"你要知道居心不良的人是不会有什么好结果的，但是只要痛改前非，过去的事我再也不提，快同我一块进屋去吧！"好心的赶马人说。

叫花子厚着脸皮，跟着走进伙伴的家里来。他看见伙伴新盖的那雪白的一片大瓦房，又讨下一个花朵似的妻子，心里又羡慕又忌妒。他还老着脸皮问伙伴遇害后的情形。好心的赶马人把事情的经过从头到尾说了一遍，还留老友在他家里多住几天。老友临走的时候，他还给了老友一坨金子和一坨银子。可是黑心的人得到这样多的金银还不知足，他又打下了一个坏主意。他顺着伙伴讲的那个方向，一口气跑到了山神庙。他一来到庙子的前面，可巧天也黑了。他学着伙伴，也向山神诉了一阵苦情。

山神说：

"你爬到树上去，好好听着，下面讲什么话，你一字不落地把它记住。"

到了半夜，他听见耳旁呼呼呼地刮了一阵风，咕咚一声响，从半天空掉下一只野兽来，嘴里不停地嚷着：

"山神老爷，山神老爷，今天把我饿坏了，你有什么东西，让我吃一点？"

山神说：

"豺狼，你先不要急，等一会儿再看。"

歇了一阵，咔嚓一声响，又来了一只大老虎。它也向山神要东西吃。它吼着说：

"山神老爷，山神老爷，我的肚子饿坏了，你有什么东西，快快拿来让我吃一点。"

山神说：

"老虎，你先不要急，你也等一会儿再说。"

歇了一小阵，啪啦一声响，又来了一只熊，也可怜地哀求山神给东西吃：

"山神老爷，山神老爷，你有什么吃的给我一点吧，我的肚子都饿瘪了。"

山神说：

"好啰，咱们庙子前面的那棵大树上挂着一块臭肉，你们把那块臭东西扯下来分吃了吧！"

熊爬到树上，把那个黑心的人从树枝上揪了下来，三个野兽就把这个坏了良心的家伙分吃了。

讲述：瑞青

搜集整理：李星华

选自《云南各族民间故事选》

三个聪明兄弟

(内蒙古·蒙古族)

从前,有兄弟三人,被人们称颂为"雄合尔老汉的三个聪明儿子"。一个下雪的冬夜,大哥的牛丢了。第二天,两个弟弟陪哥哥出去找牛。他们循着牛蹄印走了一阵,其中的一个便说道:"偷我们牛的人穿着老羊皮袄。"

另一个说:"这老羊皮袄还是镶边的。"

又一个说:"这人的腰间还别着火镰和小刀呢!"

他们循着牛蹄印又走了一阵,来到偷牛贼住过的蒙古包旧址时,其中的一个说:"偷我们牛的贼养了条短尾巴黄狗。"

另一个说:"这人还有个怀孕六个月的妻子。"

又循着蹄印走了一阵,雪地上出现了骆驼的蹄印。其中一个说:"这峰骆驼的右眼是瞎的。"

另一个说:"不光右眼是瞎的,还是峰豁鼻子黑毛母驼呢。"

他们又循着牛蹄印走了一阵,便与一个丢骆驼的人相遇了。互相问过好以后,那人问道:"你们见到一峰骆驼没有?"

"见到了。"

"见到了什么样的骆驼?"

"右眼瞎、豁鼻、黑毛的母驼。不过我们只见到了骆驼的蹄子印。"

丢骆驼的人说:"别开玩笑了。你们既然知道骆驼的毛色,怎么会没见到骆驼呢?快说实话吧。"

三兄弟中的老大说:"谁和你开玩笑啦?你说话要掂量掂量。"

丢骆驼的人说:"我们回头再说吧。"说完便走了。

三兄弟继续找牛。丢骆驼的人偷偷跟着他们来到一个汗王的部落,向汗王告发说:"汗王大人,我丢了一峰骆驼。现在发现了偷骆驼的三个嫌疑犯。他们能说出我骆驼的详情,却说没有看到骆驼。请汗王为我做主。"

于是,汗王命人将这三兄弟带进王宫。

汗王厉声问道:"你们是从哪里来的?要到哪里去?"

老大答道:"我们是雄合尔老汉的三个儿子,当地人把我们叫'雄合尔老汉的三个聪明儿子'。我们丢了一头牛,便跟着蹄印追寻。我们推测,偷我们牛的人身穿镶边的老羊皮袄,腰间别着火镰和小刀,他养着一条短尾黄狗,有个怀孕六个月的妻子。"

汗王怒道:"真是一派胡言!你们既然没有亲眼看见,怎么会知道这些?"

三兄弟中的一个说:"这是我们根据雪地上的痕迹推测出来的。偷我们牛的贼走累后,躺下休息时,雪地上留下了镶边的老羊皮袄和腰间挂着的火镰、小刀的痕迹。我们沿着他的足迹走到他住过的蒙古包旧址时,又看到雪地上有他的狗蹲坐时留下的短尾巴痕迹,还看到雪地上粘有黄毛。这就告诉我们这是条短尾巴黄狗。"

另一个接着说:"我们在他蒙古包旧址上,还看到一个人用手支着地站起来时留下的痕迹，由此可知，偷牛贼有个怀有六个月身孕的妻子。"

听了他们的话，汗王说："你们说的有些道理。如果真像你们说的那样，牛有可能找到。可是这个人的骆驼呢？你们有什么可说的？快把骆驼还给他吧。"

三兄弟中的一个立起身来说："我们刚进入你们部落时，雪地上出现了一峰骆驼的蹄印。我们仔细察看这骆驼走过的路，只见右边的草都留下了，左边却没有草，由此可见它的右眼是瞎的。骆驼口渴吃雪时，它的豁鼻子在雪地上留下了痕迹；再有，那骆驼撒尿时溅得到处都是；它在树上蹭痒痒时又留下了黑毛，由此可见它是峰豁鼻子的黑毛母驼。"

汗王听了他们的话，大为惊讶，心想："这三个人真是聪明过人。不过，我还要亲自试他一试。"于是，他在一个容器里放了一个苹果，把口封好，然后将它交给三兄弟说："好吧，你们猜猜，这里面是什么东西？如果猜不出来，咱们再算账！"

老大拿起来摇了摇，说："这里面是个圆咕隆咚的东西。"

老二拿起来晃了晃，说："这是个圆咕隆咚的黄颜色的东西。"

老三连碰都没碰那东西就说："反正这里面是个没长腿的东西。既然又圆又黄，那它不是苹果又是什么？"

原先已打定主意只要他们猜不出来便要问他们"偷骆驼"罪的汗王，这时不得不称赞道："雄合尔老汉的三个聪明儿子果真名不虚传。好吧，你们去找丢失的牛吧。"说罢，又好言抚慰一番，将他们送出了宫门。

讲述：巴德马

搜集整理：托·巴德马、王清

选自《民间文学》

忘干哥

（吉林）

据说，大山货①年头久了能变人，变小孩子、大姑娘、小伙子，变什么的都有。还能自个儿下山去溜达。

听老辈子讲：早些年，在老林子里有这么一苗棒槌，谁也不知道它活多少年了，反正是从有棒槌的时候就有了它，论年纪，比这座小山还大三岁。

这苗棒槌，年年开花，年年结籽，花越开越红，籽越结越多。天长日久，子孙后代繁殖得不计其数。这座山没别的，尽是大大小小的棒槌，简直成了棒槌山。

这座山地点落得好，紧扎在老树林子里头，到处都是又高又陡的大石砬子，成年论辈也见不到人的脚印。就是人到了跟前，也找不着进山的路，只能在外面干绕。

日子一年一年过去了，这苗棒槌老是看眼面前这点东西，实在有点

---

① 大山货：指大人参。

太腻味了。眼瞅着成群的大雁，从南飞到北，又从北飞到南，心想："这外面也不定是个什么样子，我得出去看看。"

这一天，老棒槌变成了一个二十来岁的小伙，身穿狐狸皮的皮袄，头上戴顶红疙瘩小帽头，打扮得整整齐齐下山了。

他走出来，雇了一辆小车子，就上了营口。到营口一看，真是个水旱码头，做买做卖，人来人往，闹哄哄的。特别是参行的买卖，更是兴隆，一苗大货能值好几百两银子。他心里寻思："真没想到，我们还有这么大的用处。"

给他赶车的小老板儿虽是个穷人家孩子，可从小给地主赶脚，净在外头混，练得油嘴滑舌的。一路上看这棒槌小伙土里土气，就给他讲了不少世上稀奇古怪的事。两个年轻人越处越近边，一来二去就成了好朋友，临往回走时，两个人竟插草为香，拜了干兄弟。

在回来的道上，哥俩一张桌吃饭，一铺炕睡觉，处得就像一个人一样。小老板儿问这问那，问啥棒槌小伙都说，可是一问他家住在哪，他就不讲了，总说："走吧，快到了。"

左一个"快到了"，右一个"快到了"，走了好几个月，还没到。这天小老板儿急眼了，说："大哥，咱们哥俩，你还信不着我是咋的？怎么连个准地方也不告诉我？你若是信不着就让我走，你自个儿回去。"棒槌小伙往前一指说："兄弟，你看，就住在那边。"小老板儿顺手一看，呵！是一个立陡立陡的大山，石头压顶，树林遮天，泉水从崖子上流下来，比打雷还响。吓得小老板儿舌头伸出来多长，半天缩不回去。

到了山根下，棒槌小伙下车了。哥俩拉着手，难舍难分的。棒槌小伙嘱咐说："兄弟，往后你有什么难处，只管来找我。来的时候，一定赶七月初一。这山后有三棵并排的大松树，你到那儿，连喊三声'干哥！'就有一只雀领你到我家。"说完刚要走，棒槌小伙看见小老板儿的棉袄都开花了，十冬腊月天气，冻得直打哆嗦，就把自己身上的衣裳脱下来，给小老板儿披上了。他临走又嘱咐一遍："可别忘了，七月初一。"

小老板儿还想问点什么，一眨眼工夫，人没啦。他心里纳闷，干哥是打哪走的呢？小老板儿无精打采地赶着小车往回走。说也怪，干哥送的这身皮袄，穿在身上比纸还轻，可是多硬的风也刮不透，比守着个炭火盆还暖和。

小老板儿回到家，睡了一宿好觉，第二天早起，一找皮袄，没有了，就见炕上放着一张一尺多长的人参皮。他这才知道，磕头大哥是苗棒槌。

改年春天，小老板儿叫东家辞掉了，在家卖小工，吃上顿没下顿，日子过得挺艰难。好容易盼到七月初一，小老板儿带了几个菜饽饽，就顺原道找干哥去了。

到山后头，一点不差，并排长着三棵大松树。到树底下，小老板儿刚喊了一声："干哥。"从树上扑棱棱飞出来一只雀。小老板儿跟在它后头，翻山越岭，顺着一条曲溜拐弯的小道，钻进老树林子里。没过几百步，眼前一片通红的棒槌朵子，一苗挨一苗，全是大山货，连下脚的地方都没有。正当间有一棵棒槌，长得比别的高一头。它看见小老板儿来了，摇摆着火红的大朵子，像是点头打招呼一样。小老板儿心想："这苗八成就是我大哥了。"到跟前行了个礼，转身就挖别的棒槌。一边挖着一边想："挖多了也对不起我大哥呀。"挖了五六棵，搁树皮包上，就回家去了。

小老板儿到家卖了棒槌，买了几亩地、一头牛，日子过得挺富裕。可是一看，东头王剥皮家，青堂瓦舍，骡马成群，心想能赶上他也不错。

第二年七月初一,他又去找干哥了。这回可没留情,一挖挖了一挑子。挑回来,又拴车,又盖房子,过得蛮不错了。可再一看,南头李百万使奴唤婢,有钱有势,心里就挺痒痒。小老板儿如今是个小财主了。钱多了黑心,财主没有不毒的,他一盘算:"万一别人知道地方,不就没我的了?再说正当腰那棵老山参,能变人啦,准是个宝物。我若是得了,献给皇上,保不住还能闹上一官半职的。"

第三年,他赶着大车又进了山,这回是打算连窝端了。

到了地方,老山参见了他纹丝没动,朵子气嘟嘟地耷拉着。这小子一看,心里说:"怎么的,挖你的棒槌你心疼啦?这回连你也得给我换金豆子去。"说着,抄起棒槌钎就下了毒手。棒槌钎刚一落地,就听见"轰隆"一声,红光四射,震得山摇地动,把这小子当时就震昏了过去,半天才醒转来。爬起来一看,脚底下一片撂荒地,连半苗棒槌也没了。领路的棒槌鸟不住地在头上旋,一边叫着:"忘干哥!忘干哥!"叫得他心惊肉跳,赶紧跳上车,捂着耳朵跑回家去了。

没过几天,他家失了场大火,烧得片瓦没留,一箱子地契都变成灰了。跟前邻居都看见在火堆里有一只棒槌鸟,一边飞,一边叫:

忘干哥!忘干哥!好心帮你你贪多,
当了财主心变恶,叫你摊上这把火。

讲述:孟昭兴

搜集整理:赵文汉

选自《人生故事》

当"良心"

(辽宁)

在早,有不少地方开有当铺,等钱用的人家可以把东西送进当铺押几个钱,等有钱时再赎出来。当铺里当东当西,谁听说过当"良心"的?这"良心"多少钱一斤?怎么个当法呢?别说,还真有过这回事。

古时候,有个姓张的买卖人,扔下家中妻儿老小,一个人到北边做生意,一去就是三年。

这一年过了腊月,张掌柜看北边家家开始张罗过年了,就想家了。心想,三年一趟家,散金碎银如今也积攒了一些,该回去看看了。他托人给家中捎去口信儿,说要回家过年。他家里人一听乐坏了,正愁没钱置办年货呢,这回可好了。全家老小天天捏着手指头盼他回来。

那时候没有车船,张掌柜怀揣百十两银子,步行往家里赶。这一天晌午,他走过一个堡子,见前面围着不少人,里面有个姑娘在哭。

张掌柜见这姑娘哭得伤心,就问:"姑娘,你哭什么呢?"姑娘抬起头,见他是外地人打扮,就说:"我爹死了,没钱发送,娘又生病,吃不起药,家里穷得一文大钱儿没有,我怎么能不伤心呢?"张掌柜看

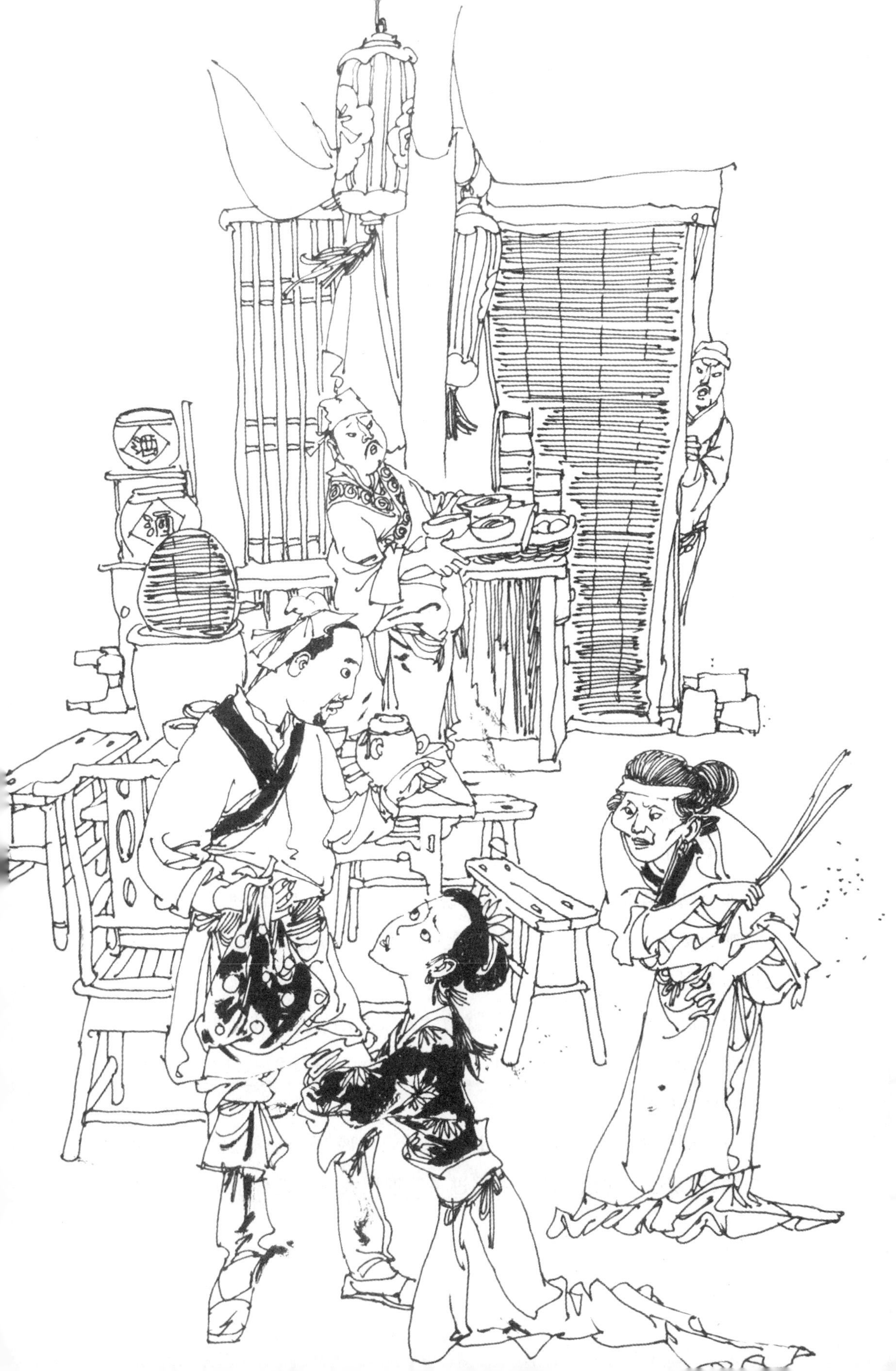
酒
酒

看四周，卖呆的人不少，帮忙的人却没有，就叹了一口气，说："姑娘，别哭了，你不就是缺钱吗？大叔帮你一把，谁让我碰上啦。"说完，从怀里掏出三十两银子，递到姑娘手里。姑娘接过银子，问："您老贵姓？"

张掌柜说："姓张。"

姑娘马上给他跪下磕头，说："您老是我们家的救命恩人，若不嫌弃，我认您老做干爹吧！"

姑娘非要认他做干爹不可，张掌柜只好答应了，又给姑娘扔下十两银子，算是给干女儿的见面礼。他到姑娘家打了个坐，又上路了。

又走了一段路程。这一天，张掌柜肚子饿了，到一家饭馆吃饭。他刚抄起筷子，就见门外跑进来一个姑娘，十七八岁，披头散发。随后，一个老太太拎个竹条追进饭馆，揪住姑娘就打。姑娘急忙跑到张掌柜桌前，向他求救。张掌柜放下筷子，问那个老太太说："这姑娘是你什么人？"

老太太说："是我女儿。"

张掌柜说："亲生女儿你竟舍得这么样打？"

老太太说："我非把她打死不可！"

那个姑娘连忙抱住张掌柜的腿说："好心的大叔，快救救我吧！我不是她的女儿。她是开窑子的，我是被人拐骗后卖给她了，我是有家有父母的人啊！"

张掌柜一听，是这么回事，就劝老太太积德行善，放姑娘回家。老太太说："放她去行。我买她花了五十两银子，你能给我还回这个钱，我就积这个德！"

张掌柜怀中正好还剩下五十两银子，一咬牙，全掏出来了，说："这是我回家过年的钱，这年也不过了，谁让我碰上这件事啦，总不能见死不救哇！"他把银子给了老太太，转身对姑娘说："大叔送你回家吧，让你一个人走，我也不放心。"姑娘忙给他磕头谢恩，跟他上路了。

这姑娘的家正好同张掌柜家顺路。张掌柜把姑娘送到家。姑娘的父母见女儿丢了这么多日子又回来了，喜得又哭又笑的。姑娘把经过一说，两位老人连忙向张掌柜拜了几拜，感谢他救了女儿的命。可是，姑娘家也是穷人家，拿不出五十两银子还给张掌柜，两位老人愁得直打磨磨儿。张掌柜看出来了，说："你们也别还我钱了，有几两碎银，够到家的盘缠了。"他在姑娘家吃了饭，就告辞上路了。

腊月二十三，张掌柜就赶到家了。媳妇和孩子这个乐呀，媳妇张罗着要孩子们围着他要新衣新帽，要花要炮。张掌柜摸摸怀里，一个钱也没有。媳妇把孩子们打发到外面去玩了，连忙关上门问他："你出外好几年，怎么一个子儿也没带回来？"张掌柜把怎来怎去地一说，媳妇说："你做得都对呀！这年咱就凑合过吧，穷还能把咱留在年这边。"

媳妇虽然没说啥，可孩子们嚷嚷得厉害，小孩子盼的就是年嘛，天天叨咕置办年货。张掌柜一看，到年根下了，怎么也得想点办法哄哄孩子呀。他信步来到城里最大的一家当铺，琢磨着想当点东西，换两个钱。

当什么东西呢？张掌柜看看自己，除了身上的衣服，真就没有什么可当。不行，今天怎么也不能空手回家。张掌柜也没有多想，开口就招呼："掌柜的，我当东西。"

当铺掌柜一看来生意了，满脸是笑地过来了，说："你当什么东西？"

张掌柜哑巴哑巴嘴，说："我当……我……我……当天地良心！当二十两银子。"

当铺掌柜的没听明白，以为天地良心是什么值钱东西，就说："你先拿出来，我看看货再定价钱。"

张掌柜说："这良心我走哪都带着，就是没法拿给你看。眼下我是过不去年了，才把良心当给你们，二十两银子，我也不多要。"

当铺掌柜的扑哧乐了，说："我在柜上这么多年，当啥的都见过，还没听说有当良心的，这得怎么当呢？"

张掌柜说："就当个信用吧，过了年，我有钱就来抽当。"

当铺掌柜的一摆手说："别忙，这件事我做不了主，得向咱们财东打个招呼。"说完就进里屋了。

当铺掌柜进了内宅，见了财东说："老财东，可当出新鲜事了！外边铺面有个当东西的，你猜当啥？要当天地良心！"

老财东一听也乐了，说："真是啥人都有，他干吗要当良心？"

当铺掌柜的说："家穷过不去年了。"

老财东说："他要当多少钱？"

"二十两银子。"

"我看看这是个什么人。"老财东也是个好事的人，就来到前柜。他一看张掌柜，不像个坏人，就对当铺掌柜的说："不就二十两银子吗？收下他的良心，给他开上当票，日后他也好抽当。"

当铺掌柜的憋不住乐，老财东今天是怎么的了？啥东西也没得，掏出二十两银子，还得搭张当票。心里这么想，可他还是照办了。

张掌柜拿着二十两银子回到家里，往外一掏。媳妇吓坏了，说："你是偷的还是抢的？"张掌柜说："我上当铺当的。"

媳妇哪能相信，家里没有好当的东西呀！就忙三迭四地问："当的啥？"

张掌柜说："当的天地良心。"

媳妇一听着急了，说："这银子可不能花！要不过年以后没钱抽当，你不成了没良心的人了？要我说，还是早把银子送回去，五天以内没有利息。不挂心这档子事，年也过得松心些。"

张掌柜一听，是这么个理儿，扭身又回到当铺。赶巧，财东和掌柜的都在。张掌柜忙从怀里掏出银子和当票，说："我抽当来了。"财东说："怎么这么快就抽当了？"张掌柜说："刚才我是一时糊涂做差了事，回家后越想越后悔，这人穷到什么分上，也不能出卖良心啊！我怕日后没钱抽当，丧了良心，人可就不能活了。"

财东一听他说得在理，就问："你是干什么的？咋把家过得穷到这个份儿上！"

张掌柜打个唉声说："不瞒你说，我也是个买卖人，在北边熬巴几年，也挣了点银子，谁承想都舍在回家途中了。"他把事情经过从头到尾向当铺财东学说了一遍。

财东说："你这个人心肠太好了，好得难找哇！这样吧，你过了年别上北边做买卖了，我这当铺还缺一个掌柜，我信得着你了。那二十两银子算是提前支给你的工钱，过了年你就到铺子来吧。"老财东说着，把银子退给掌柜，把那张当票当场撕了。

张掌柜一听挺乐，把银子重新拿回家，对媳妇一学说，媳妇乐坏了，全家人过了个欢喜年。

到了初三，买卖开市了，张掌柜就到当铺当了掌柜。老财东正好要带老婆孩子到南方省亲，临走前，嘱咐张掌柜说："铺子全交给你了，今天是开市第一天，不论谁来当什么全都接；要价高点、低点别计较，做买卖要图个吉利。"张掌柜自然满口答应。

老财东带着家人刚走，事可就来了。

张掌柜带着伙计们劈劈啪啪放完鞭炮，打开铺子门，就见四个棒小伙子，抬着一具尸首，吆吆喝喝地进了当铺，把张掌柜和众伙计闹得一愣。一个小伙子说："掌柜的，快来接货。我爹死了，尸首没处放，先当给你们，过后再说。"

张掌柜不听便罢，听完吓得心忽悠一下子，心想："我年前来当天地良心就够出奇了，这怎么还有来当死爹的呢？真是稀奇出花来了。"伙计们都大眼瞪小眼地站一边瞧热闹，看新掌柜怎么接话茬。

张掌柜心想："我接不接这个当呢？不接？老财东有话，买卖开市第一天，什么当都接；接吧？这死人尸首得怎么收呢？"寻思半天，接！也许老财东知道今天有这个茬才留话的。张掌柜问这哥几个："你们想当多少钱？"

一个小伙说："五百两银子。"

张掌柜一听，这要价也太高了，刚想往下落落价，几个小伙看出来了，说："怎么，嫌价高了？这是一个人哪！是俺哥几个的亲爹，真还不值五百两银子？"张掌柜没有话了，只好照价开了当票，付给他们五百两银子，这哥几个便扬长而去了。

开市不吉。张掌柜只好自认倒霉，吩咐伙计们把尸首抬到仓库放好，每天还得安排一个伙计看管着，不能让狗啃耗子咬呀，要不，日后人家抽当时，谁赔得出一个囫囵尸首？白天一个人看着还凑合，晚上一个人还不敢看着，害怕呀！就得安排两名伙计。一帮伙计谁也不愿出差，轮到谁时，背地里都把张掌柜好顿骂。

好容易熬过去一个月，老财东回来了。伙计们合伙给张掌柜奏了一本。老财东一看，这件事做得是不招人爱。他也埋怨张掌柜，"我让你什么当都接你就接尸首哇？还不如把我的银子扬到大街上呢，那样还省得操这个心！这可好，还得防备人家来抽当，搭上人看管不说，眼看天越来越热了，这尸首还不发了臭？"老财东唉声叹气地强挺了一个月，看看还没人抽当,他实在忍不住了,把张掌柜叫来了,说:"我的买卖不大,用不了那么多人,你先回家吧,以后用人时再去请你。"

财东的意思再明白不过了,张掌柜能说啥?只好卷铺盖回家。临走时,财东说:"你这几个月的工钱别细算了,我给你五百两银子。没有现钱,你就把那个尸首抬走吧,什么时候人家来抽当,五百两银子就还给你了。"张掌柜是打掉门牙往肚里咽,谁让自己当初接这个当呢!认了吧,财东马上打发几个伙计把尸首抬到张掌柜家。

回家后,张掌柜对媳妇一说,媳妇急了。"这叫什么事?没听说出外忙活几个月,挣回家一具尸首的。"也不能这么明面摆着,大人孩子看着怪害怕的,张掌柜卷起北炕的炕席,把尸首裹好,戳到灶间墙拐角。这往后,媳妇自个儿都不敢到灶间烧火做饭了,总觉得头皮发麻,上灶间得拉上张掌柜陪着。

不知不觉又过去一个多月,还是没有人来抽当。张掌柜真发愁了,虽说时间长了,家里人不那么害怕了,但总放下去也不是个事儿呀。一天夜里,媳妇自己到灶间取东西,迈进门槛,就看见尸首倒在地上,全身亮得晃人眼。媳妇吓得忙喊张掌柜:"不好了,尸首着火了!"

张掌柜一听,这还了得,烧坏了尸首赔不起呀。他趿拉着鞋就跑到灶间,凑到跟前一看,哪是着火了?尸首分明变作一个金人!再看金人的后背上,刻着四个大字:"天地良心"。张掌柜和媳妇一合计,这个财太大了,何止五百两银子?自家收下可不妥当。冲着天地良心,也得给柜上送去。

第二天,张掌柜去找当铺财东,说:"老财东,我搬回家的不是一具尸首,是一个金子铸成的金人哪!该着柜上发财,当初收下了这个当。你快叫人搬回来吧!"

老财东先是不信,天下还有这种事?他赶去一看金人后背上那四个字，老财东不言语了，半天才说："这个财我不能要。实说吧，别人想要也要不去。金人是冲着你来的，换个人家，又是具尸首。"

张掌柜说："那怎么会呢？"

老财东拍拍金人后背说："'天地良心'，这四个字说得明白，这个金人是老天给你的赏赐。看起来，这为人做事真得讲良心啊。"

张掌柜一家有了金人，从此过上了好日子。

讲述：谭振山

搜集整理：江帆

选自《谭振山故事选》

国王和放屁的儿媳妇

（朝鲜族）

早先有个国王规矩大，不管是手下的大臣、随从，还是自家老小，谁都不能越一点规矩。

国王有个儿子，已到了成婚的年龄，国王就给他找了一个两班人家的闺女。

等到了成婚这一天，国王的儿媳妇接过了大桌，就按规矩去拜见公婆。儿媳妇施过大礼，就跪坐在老公公和老婆婆的面前。国王和王后抓起一把大枣，一边朝儿媳妇的裙子里扔，一边口喊"多子多福"。

儿媳妇跪着，跪着，没加小心，"扑"地放了一个屁，顿时小脸红了，把她害臊得没法儿。别看国王六七十岁了，耳朵倒挺尖，叫他给听见了。按说装没听见就过去了呗。不！国王当时就对着儿子喊上了：

"咱家怎么能娶这么个没规矩的女人呢！把这个媳妇给我休掉，快打发她回娘家！"

这新娘不但小脸长得周正、白俊，心眼儿也好。儿子一听父王的话，不乐意了。他寻思："人吃五谷杂粮，谁能不打嗝儿放屁，就因为放个屁就把媳妇给休了，哪有这种道理!"可是父王的命令是不能违抗的呀!他只好央求说："请父王息怒，您看天这么晚了，是不是明天再打发她回娘家?"

国王没吱声，没吱声就是默许了。当时儿子就把新媳妇领进了新房。这新婚之夜，夫妻恩爱，儿子越看越觉得媳妇长得俊，不想休。他越寻思越觉得父王太不讲情理，就想整治他一下。那怎么整治他呢？他半夜悄悄地跑进了父王的房子里，趁国王酒后熟睡的工夫，把他的玉玺给偷了出来。

国王的儿子把玉玺交给了媳妇，并对天发誓说："一宿夫妻，百年之好，你走之后我永不找媳妇，几年之后你就拿着这国王的玉玺来找我。"第二天早早地就把媳妇给送回了娘家。

再说国王一觉醒来，发现身边的玉玺没了，这可不得了喽！那时的玉玺就是命根子，丢了还得了嘛！王宫里顿时热闹了，里里外外，上上下下，翻了个底朝天，可是连个玉玺的影儿都没有。宫里的文武百官，身边的侍卫随从全都问遍了，都说没看见。按照那时候的法，国王丢了玉玺，就再也不能当国王了。末了，玉玺没找到，国王只好把王位让给了儿子。

再说那新媳妇回到了娘家，阿爷和阿妈听说是因为在公婆面前放了屁才被打发回来的，一边骂闺女没出息，给两班大家抹了黑，一边埋怨国王规矩太大，放个屁就把儿媳妇给休了。心里话说："你国王也是人，不也得放屁!"

别看这姑娘只当了一天的过门儿媳妇，回来就怀孕了。那时两班人家的规矩可大啦，他们也不问那天她和王子有没有同宿，就说女儿私通了男人，非要拿铡刀铡了她不可。这时候，那姑娘从怀里掏出了国王的玉玺，把实情全都告诉了阿爸和阿妈。

这家人一听，可不得了喽！面前就是当朝国王的王后，又有玉玺证明，谁敢贱待呀？于是把她照料得要多好有多好。

怀胎十个月，这个姑娘生下了一个男孩儿，就别提有多白多俊了。这孩子生下来五个月就会说话，七个月就会走路。教他一，他认得十；教他十，他认得百；不用上学堂，就认得好多字。到了七岁这年，还能写诗作文章，人们都说这孩子是个神童。这样聪明伶俐的孩子谁不赞扬？可是，也有说闲话的，说他是个没有阿爸的私生子。

有一天，这孩子流着眼泪回来问母亲："阿妈，阿妈，我到底有没有阿爸？"

阿妈一看，孩子也懂事儿了，就把实情全都告诉了儿子。这孩子明白了怎么回事儿，当时就朝阿妈要玉玺，带了玉玺就去找阿爸。

那时候王宫把门儿的，也是里三层外三层，围得连个苍蝇都飞不进去。那把大门儿的看见一个六七岁的小孩儿，自称是国王的儿子，要进王宫见父王，当时就乐了。他乐啥呀？你想，大伙儿都知道，当年国王娶过媳妇不假，可是因为媳妇在公婆面前放了个屁，当时就打发回娘家了，以后他再没娶媳妇，哪来的儿子呢？任凭小孩儿怎么说，人家压根儿就不信。

聪明的孩子一看，光凭嘴说不顶用，就把国王的玉玺往大脖上一挂，大摇大摆地往里闯。这一招儿还真灵验，那些把大门儿的大眼瞪小眼儿，谁都不敢拦了。

孩子进了王宫，见了国王第一句话就喊："阿爸！"

国王一看这孩子胸前的玉玺，也就明白了。当时父子俩抱在一起就哭了！你想，就因为放了个屁，弄得夫妻不团圆，有儿不能认，长这么大了才见头一面儿，怎能不叫国王心酸落泪？

当时国王就领着儿子去见老父王。见了父王的面，阿爸让孩子叫哈拉爸基。可这孩子就是不叫，当时就从怀里掏出三个白梨来，往桌上一摆说："这是我阿妈给你们带来的礼物。可是有一条，放屁的人是不能吃的，只有不放屁的人才能吃。"

老国王当时就说："人吃的五谷杂粮，谁不打嗝儿放屁呀？"

聪明的孩子当时就接上了话茬儿："那当初我阿妈放了个屁，你咋说没规矩，还把她给撵走了呢？"

老国王一听，这是实情，自个儿没理了，当时就向孙子认错说："那是你哈拉爸基我一时糊涂啊，我现在也后悔啦！"

这时候孩子才扑上前去，喊了一声："哈拉爸基！"

这老国王还是第一回听孙子管他叫哈拉爸基，抱着孙子眼泪淌下来了。

后来，老国王亲自去接儿媳妇，又亲口向儿媳妇赔礼道歉。打那以后，老公公和儿媳妇相处得很和睦。

这个故事告诉人们一个啥理儿？它告诉人们，讲规矩也得有时有响，一讲过分就不好了。

讲述：金德顺
采录整理：裴永镇
选自《金德顺故事集》

巧媳妇

（湖南）

从前有个顶聪明的人，名叫张古老。他一共有四个儿子，老大、老二和老三，都已经娶了媳妇，只有老四还是条光棍。兄弟们没有分家，由张古老带着在一起过日子。

说也奇怪，这三兄弟都生得呆头呆脑，一点也不像他的老子；娶进来的这三个媳妇，也是半斤配八两，脑子都不大灵活。一家子人没有一个讨得张古老的喜欢。

日子久了，张古老心里发愁。他想："我这块老骨头，总不能老赖在这世上，说不定哪一天，我两腿一伸，看他们这么混混沌沌，怎么过日子呵！"于是，他便想替幺儿子找个乖巧一点的媳妇。现今，能给自己添个好帮手；将来，也好做个自己的替脚人，掌管这份家业。

想想容易，办起来却难了。张古老打听来打听去，总没有一个合适的。到底老汉是个聪明人，他想了一个巧妙的法子。

这天，他把三个媳妇叫到跟前，说：

"你们好久都没有回娘家了，心里一定很挂念吧？今天，我就打发你们回娘家去。"

三个媳妇一听说回娘家，欢喜得不得了，只问公公让她们住多久。

张古老说："大媳妇住三五天，二媳妇住七八天，三媳妇住十五天。三个人要一同去，一同回来。"

三个媳妇想也没想，便连忙答应了。

张古老又说："往日你们回去，总要带点东西孝敬我，但是，每一次带回来的东西都不如我的意。这次你们回去，也少不了要带点东西的，不如我先说出我要的东西来。"

"你老人家只管开口，我们一定带回来就是。"三个媳妇一齐说道。

张古老说："大媳妇替我带一个红心萝卜回来；二媳妇替我带一个纸包火回来；三媳妇替我带一个没有脚的团鱼回来。"

三个媳妇一听，都满口答应了。三个人便一齐动身回娘家了。

三个人走呀走的，不一会，便走到了一条三岔路口。大媳妇要往中间那条路去；二媳妇要往右边那条路去；三媳妇要往左边那条路去。三个人正要分手时，才记起公公的话来。

大媳妇说："公公嘱咐，让我们一个住三五天，一个住七八天，一个住十五天，还要同去同回。哎，三个人的日子又不一样，同去还容易，同回多难啊！"

二媳妇说："是呀！同回才难啊！"

三媳妇也说："是呀！同回才难啊！"

"还有礼物呢！一个是红心萝卜，一个是纸包火，一个是没脚团鱼。哎，才一听好像是顶普通的东西，如今一想，都是些从来没有见过的东西啊！"大媳妇着急地说。

"是啊！都是从来没有见过的东西啊！"二媳妇也着急地说。

"是啊！都是从来没有见过的东西啊！"三媳妇也着急地说。

"不能同去同回，又没有这些礼物，公公是不会让我们进屋的。这怎么办呢？"大媳妇更是着急了。

"这怎么办呢？"二媳妇也更着急了。

"这怎么办呢？"三媳妇也更着急了。

三个人想来想去，真不知怎么才好。大家都急得不得了，又不敢回去，便坐在路边上哭起来了。

三个人哭呀哭呀，从日出哭到日落，越哭越伤心，越哭越热闹，最后哭得惊动了住在近边的王屠户。

王屠户带着女儿巧姑，在路边搭了个草棚，摆了张案板，天天卖肉过日子。这天听到了哭声，便向女儿说道：

"巧姑，去看看是哪个在哭，出了什么事情。"

巧姑走了出来，见是三位大嫂在那里哭成一堆，问道：

"三位大嫂，你们有什么心事？为何哭得这样伤心？"

三个人一听有人来问，连忙抹掉眼泪，一看，只见是位大姐站在面前。她们止住了哭声，把事情的原委，一五一十地告诉了她。

巧姑一听，想也没想，便笑着说："这很容易，只怪你们没有想清楚。大嫂，你三五天回来，三五一十五，是十五天回来；二嫂你七八天回来，七加八一十五，也是十五天回来；三嫂也是十五天回来。你们不是能同去同回吗？"

巧姑接着又说："三件礼物，红心萝卜是鸡蛋，纸包火是灯笼，没脚团鱼是豆腐。这些东西家家都有，是顶普通的东西呢。"

三个人一想，果然不错，便谢了谢巧姑，高高兴兴地分了手，各自回娘家去了。

三个人在娘家，都足足住了半个月。这天，她们一同回来了。见着公公，把礼物也拿了出来。

张古老一看，吃了一惊。原来她们带回来的礼物，一点也没有错。他心里知道，这不是她们自己想出来的，便问她们。三个人也不敢隐瞒，就把实情一五一十地说出来了。

张古老一听，决定要去会会这位姑娘。

这一天，张古老一直走到卖肉的草棚子里，连忙叫老板称肉。

王屠户不在家，巧姑走出来，问道：

"客人，你要称什么肉？"

张古老说："我要皮贴皮，皮打皮，瘦肉没有骨头，肥肉没有皮。"

巧姑听了，一声不响，便走到案板那边去了。一会，就拿来了四个荷叶包包，齐整整地放在张古老面前。

张古老一看，一样是猪耳朵，皮贴皮；一样是猪尾巴，皮打皮；一样是猪肝，瘦肉没有骨头；一样是猪肚子，肥肉没有皮。一点也没有错。他心里一喜，便想道："这才是我的媳妇啊！"

张古老回到家里，马上请了一个媒人去向王屠户说亲。王屠户知道张古老的底细，和巧姑一商量，便答应了。不久，张古老选了个日子，把巧姑接了过来，和幺儿子成了亲。

张古老得了这样一个聪明的媳妇，满心欢喜，平日里，把她看得特别重，还有心要她当家。

巧姑见公公对自己这样好，也顶尊敬他。

日子久了，大媳妇、二媳妇和三媳妇便有些不自在了，背地里叽里咕噜地说："公公有私心，只心疼满幺儿媳妇，嫌弃我们。"

张古老看出了她们的心思，他想："要大家心服，非得想个法才行。"

这天，他把四个媳妇都叫拢来了，对她们说道："我一天天老了，很难管上这份家。我想把这份家交给你们来管，但是家里人口多，事情杂,要有个顶聪明、能干的人才管得下。我不知道你们里边哪个最聪明、最能干?"

四个媳妇一齐说:"公公,你就试试吧!"

张古老说:"好,我就试一下吧!试出来哪个最能干、最聪明,家就让她当。这是你们自己说的,以后不准埋怨啊!"

大家同意了。

张古老说:"会居家的人,就知道节省,无的做出有的来。我就在这点上出题目——要用两种料子,炒出十种料子的菜来;用两种料子,蒸出七种料子的饭来。哪个做得出,就是顶聪明能干的人,家就归她当。"说罢,张古老就转头问大媳妇:

"你做得出吗?"

大媳妇一想:两种料子就只能当两种料子用,哪能当十种料子用呢?便说:

"你别闹着玩了,这哪里做得出来?"

张古老又问二媳妇:"你做得出来吗?"

二媳妇一想:平日蒸饭,都只用大米,顶多再加一两种料子,哪来的七八种料子,便说:

"公公,你别逗弄我们了,这哪里做得出来?"

"你做得出来吗?"张古老又回头问三媳妇。

三媳妇心想:两位嫂子都做不出来,我更不用说了,便没有作声。张古老知道三媳妇也做不出来的,便说:

"想你也是做不出来。"最后,才问巧姑,"你呢?"

巧姑想了想,说:"我试试看。"

巧姑走到厨房里,用韭菜炒鸡蛋,炒了一大碗,用绿豆和在大米里,蒸了一大盆,端到张古老面前。

张古老一看，说道：

"我要的是十种料子的菜，怎么只有两种？我要的是七种料子的饭，怎么也只有两种？"

巧姑说："韭菜加鸡蛋，九样加一样不是十样？绿豆和大米，六样加一样，不是七样？"

张古老一听，高兴极了，连声说对，当场就把钥匙拿了出来，交给巧姑了。

巧姑当家以后，把家里的事情，安排得妥妥帖帖，吃的穿的，都是自己做出来的，一家人过得舒舒服服。

有一天，张古老闲着没事做，便坐在大门边晒太阳。突然，他想起自己过去的日子，年年欠债、受气。如今日子过好了，自由自在，真是万事不求人。一时高兴，顺手在地上捡了块黄泥坨坨，在大门上画了几个大字："万事不求人。"

不料，当天知府坐着轿子，从这门前经过。他一眼便看见门上这几个大字，大大吃了一惊，心想："这人好大的胆，敢说出如此大话来，这不是存心把我也没有放在眼里？好吧！我叫你来求求我。"便厉声喝道："赶快放下轿，跟我把这个讲大话的人抓来。"

衙役们马上凶狠狠地把张古老从屋里拖了出来。

知府一见，瞪着两眼说道：

"我道是什么三头六臂，原来是个老不死的老头。你夸得出这种大话，想必有大本事。好吧！限你三日之内，替我寻出三件东西来。寻得到，没有话说；寻不到，就办你个欺官之罪。"

张古老说："老爷，是三件什么东西？"

知府说："要一条大牯牛生的犊子；要灌得满大海的清油；要一块遮天的黑布。少一件，便叫你尝尝本府的厉害。"说罢，便坐着轿子走了。

张古老接了这份差事，掏空了心思，也想不出个办法来对付，整日里愁愁闷闷，饭也吃不下，觉也睡不着。

巧姑见了，便问："公公，你老人家有什么心事，尽管跟我们说说吧！"

张古老说："只怪我不该夸大话，和你说了也没有用。"

巧姑说："你老人家说吧，说不定也能想出个办法来的。"

张古老只得把心事对巧姑说了。

巧姑一听，说道：

"你老人家说得对嘛，庄稼人吃自己的，穿自己的，本来是万事不求人。你老人家放心吧，这差事就让我来对付。"

过了三天，知府果然来了。一进门便叫道："张古老在哪里？"

巧姑不慌不忙地走上前说："禀大人，我公公没在家。"

知府瞪着眼说："他敢逃跑，他还有官差在身啦！"

巧姑说："他没逃，是生孩子去了。"

知府奇怪起来了，说："世上只有女人生孩子，哪里男人也生孩子？"

巧姑说："你既知道男人不能生孩子，为什么又要大牯牛生牛犊子呢？"

知府一听，没话可说。停了好久，只得说道："这一件不要他办了，还有两件？"

巧姑说："请问第二件？"

"灌海的清油。"

"这好办，请大人先把海水车干，马上就灌。"

"海有这么大，怎么车得干？"

"不车干，海里白茫茫的一片水，油又往哪里灌？"

知府一下把脸也羞红了，便叫起来：

"这一件也不要了，还有一件！"

巧姑说："请问第三件？"

知府说："遮天的黑布！"

巧姑说："请问大人，天有好宽呢？"

知府说："哪个晓得它有好宽，谁也没有量过。"

"不晓得天有好宽，叫我们如何去扯布呢？"

这一说，知府再也没有话回了，红着一张脸，慌忙地钻进轿子里，跑了。

本来张古老就有名，这一来，远远近近的人，更没有一人不知道了。大家都说："这一家子，有个顶聪明的公公，还有个顶乖巧的媳妇。"

搜集整理：周健明
选自《湖南民间故事选集》

种金子

（新疆·维吾尔族）

阿凡提借来几两金子，骑着毛驴到野外，就坐在黄沙滩上细细地筛起金子来。不一会儿，国王打猎从这儿经过，看见他的举动很奇怪，便问道："喂，阿凡提，你这是干什么呢？"

"陛下，是您呀！我正忙着哩，这不是在种金子嘛！"

国王听了更加诧异，又问道："快告诉我，聪明的阿凡提，这金子种了会怎样呢？"

"您怎么不明白呢？"阿凡提说，"现在把金子种下去，到居曼日①就可以来收割，把头十两金子收回家去了。"

国王一听，眼睛都红了，心想："这么便宜的肥羊尾巴能不吃吗？"他连忙赔着笑脸跟阿凡提商量起来："我的好阿凡提！你种这么点金子，能发多大的财呢？要种就多种点。种子不够，到我宫里来拿好了，要多少有多少。那就算是咱们俩合伙种的。长出金子来，十成里给我八

---

① 居曼日：即星期五，是伊斯兰教做大礼拜的日子。

成就行了。"

"那太好啦，陛下！"

第二天，阿凡提就到宫里拿了两斤金子。再过一个礼拜，他给国王送去了十来斤金子。国王打开口袋，一看金光闪闪的，简直乐得闭不上嘴。他立刻吩咐手下，把库里存着的好几箱金子都交给阿凡提去种。

阿凡提把金子领回家，都分给了穷苦人。

过了一个礼拜，阿凡提空着一双手，愁眉苦脸地去见国王。国王见阿凡提来了，笑得眼睛眯成一条缝，问道："你来啦！驮金子的牲口、拉金子的大车，也都来了吧？"

"真倒霉呀！"阿凡提忽然哭了起来，说道，"您不见这几天一滴雨也没下吗？咱们的金子全干死啦！别说收成，连种子也赔了。"

国王顿时大怒，从宝座上直扑下来，高声吼道："胡说八道！我不信你的鬼话！你想骗谁？金子哪会干死的？"

"咦，这就奇怪了！"阿凡提说，"您要是不相信金子会干死，怎么又相信金子种上了能长呢？"

国王听了，活像嘴里塞了一团泥巴，再也说不出话来。

赵世杰　译

选自《中国少数民族民间故事选》

枣 核

(山东)

早年间,在山脚下的一个庄里,有一家人家,只有两口子过日子。两口子成天价盼个小孩,都说:"俺哪怕有枣核那么大个孩子也好啊!"过了不多日子,他们生了一个小孩。无巧不成故事,这小孩正好像枣核那么点。两口子欢喜得不得了,给孩子起了个名叫枣核。

一年又一年,枣核一点也不见长,还是像枣核那么点。爹说:"枣核呀,白叫我欢喜了一场,养活你这样的孩子能做什么!"娘说:"枣核呀,你一点不见长,我也真为你愁得慌!"枣核说:"爹娘都不用愁,别看我人小,一样能做事情。"

枣核很勤快,天天干活,不但身体练得结实,还学了很多的本领。他能扶犁,也能赶驴,打柴比别人打得都多,因为他一蹦就能蹦屋脊那么高,别人上不去的地方他也能上去。邻舍百家都夸奖起枣核来,有的埋怨自己的孩子说:"人家枣核那么点,也能做活,你不会做活,还不羞!"枣核的爹娘也高兴了起来。

枣核不光勤快,也很精明。有一年旱天,满坡里的庄稼一粒也没收。庄户人都没有吃的,城里的衙门里还是下来要官粮。庄户人纳不上粮,县官就吩咐衙役把牛、驴都牵了去。

牵去了牛、驴,没有了种庄稼的本啦,大伙都愁得不得了。枣核对大伙说:"都不用愁,我有办法!"有的人却不相信,说:"你别小人说大话啦!"枣核也不争辩,只是说:"不信,你们就看看。"

到了晚上,枣核跑到县官拴牛、驴的院子外面,一蹦,蹦过墙去,等衙役都睡着了,解开缰绳,又一蹦,躲到驴耳朵里,"哦嗬!哦嗬!"大声吆喝着赶驴。衙役们从梦里跳了起来,惊慌地喊着:"进来牵驴的啦!进来牵驴的啦!"立刻明刀长枪的,到处搜人。

闹腾了一阵,什么也没搜着。衙役们刚刚躺下,又听到"哦嗬!哦嗬!"又都跳了起来,还是哪里也没搜到人。衙役们才躺下,枣核却又吆喝起来。到了过半夜,衙役们都瞌睡得不得了,有一个衙役头说:"不用管它,不知是个什么东西作怪,咱们睡咱们的觉吧。"衙役们困慌了,倒下睡得和泥块一样,什么动静也听不见了。枣核从驴耳朵里跳下来,把门开开,赶着牲口回了庄。

牲口被牵走了,县官是不肯罢休的。天一亮,县官带着衙役下去捉拿庄户人。枣核蹦出来说:"牲口是我牵的,你要怎样?"

县官叫着说:"快绑起来!快绑起来!"

衙役拿出铁锁来,去绑枣核,"噗"的一声,枣核打铁锁链子缝里蹦了出来,站在那里哈哈地笑。

衙役们都急得直转,不知怎么拿好。还是县官主意多,说:"把他用钱褡①装着背到大堂去吧!"

县官坐了大堂,把惊堂木一拍,说:"给我打!"

---

① 钱褡:即装钱物的口袋。

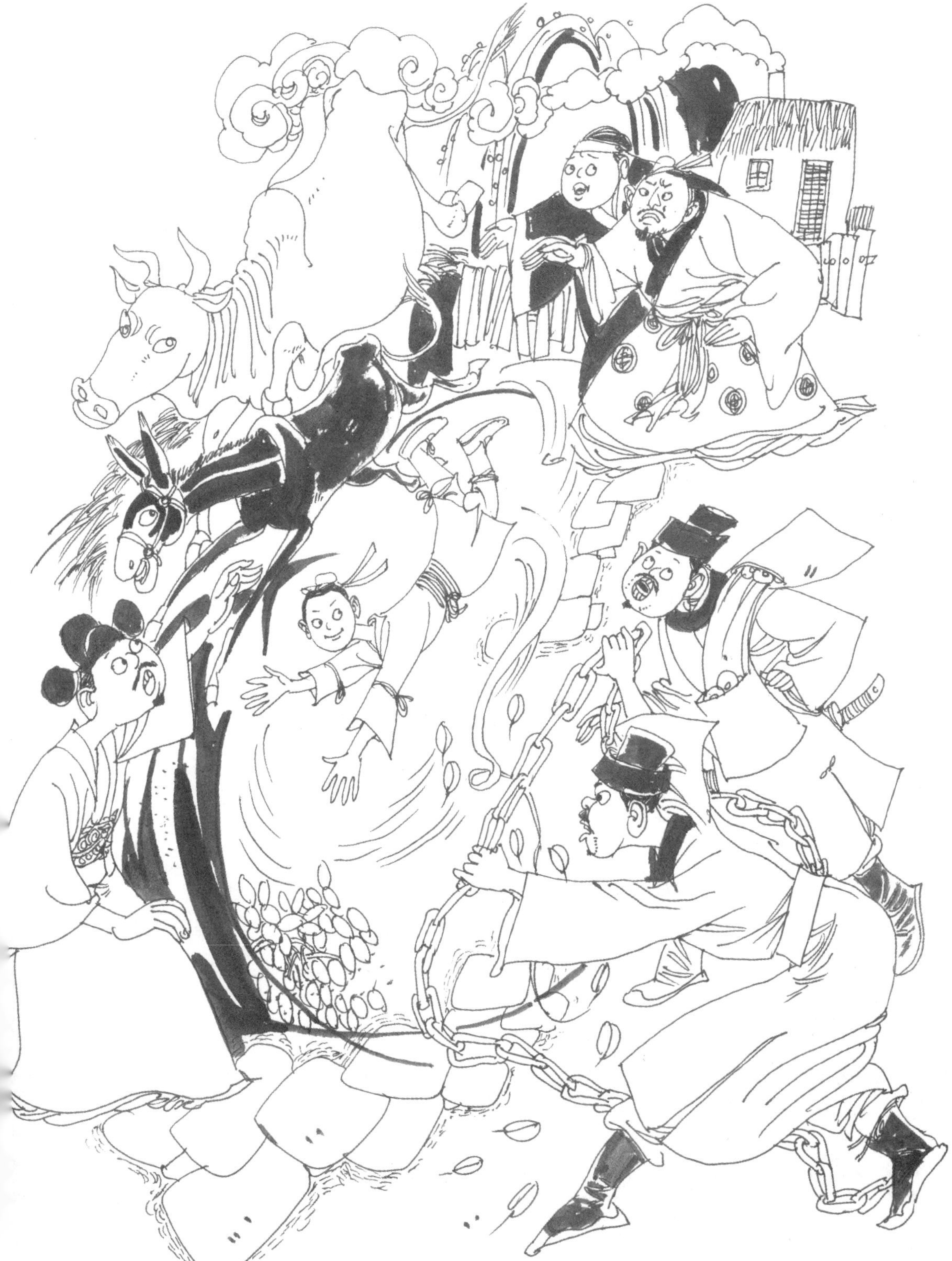

打这面，枣核蹦到那面去；打那面，枣核蹦到这面来；怎么的也打不着。县官气得脸通红，嚷道："多加几个人，多加几条棍！"

枣核这次不往别处蹦，一蹦蹦到了县官的胡子上，抓着胡子荡秋千。县官慌张了，直喊："快打！快打！"衙役们一棍打下去，没打着枣核，却打着县官的下巴骨啦，把县官的牙都打下来了。满堂的人都慌了起来，一齐照顾县官去了，枣核大摇大摆地走了。

搜集整理：董均伦、江源

选自《聊斋汉子》

绿豆雀和象

（云南·傣族）

有一对绿豆雀，在草坝上的草蓬蓬里做窝。春天，它们生了蛋；一天又一天，它们给蛋温暖，小绿豆雀快出世了。

一天，从树林里闯出一群大象，正对着绿豆雀的家走来，它们要到湖边去喝水。这可吓坏了绿豆雀，忙飞到大象面前求告："大象啊，请停停脚步吧！前面就是我们的家，我们的儿女快出世了。请你转个方向走吧！免得未出世的儿女被你踩死，使我们伤心。大象啊，请你转个方向走吧！"

大象不理不睬，鼻子一翘，扇扇耳朵，说："你这小小的绿豆雀，竟敢来拦阻我！我只认得走路，哪管你家死活。滚开！滚开！要不，我就先将你踩死！"

大象甩甩鼻子，迈开大步，一直向前走去，踩毁了绿豆雀的家，踩碎了绿豆雀的蛋。绿豆雀呵，发誓要报仇！

绿豆雀飞到阿叔啄木鸟的家里，把刚才发生的事说了一遍。啄木鸟听了很生气，忙飞到河边唤来了点水雀。大家和绿豆雀一起，飞去赶大象。

大家追着了大象。啄木鸟落在大象头上,在大象鼻子上、眼睛旁啄了起来。"嘚嘚嘚",啄木鸟不停地啄着。大象还在嚷:"你这小坏蛋,难道眼瞎了,怎么敢欺侮到我的头上?"啄木鸟好似没有听见,还是"嘚嘚嘚"地啄着。大象的眼睛旁、鼻子上都被啄破了,流血了。不多时呀,大象的鼻子、眼睛都烂了。

大象眼睛看不见,想找水喝也找不到。忽然听到点水雀在前面叫起来。大象想,点水雀生活在水上,点水雀叫,前面必定有水了。它高一脚低一脚地向前走去,到了点水雀叫的地方,鼻子一伸想吸水喝,哎哟,鼻子碰在石头上。原来点水雀不是真在水里叫,是站在石头上叫的。

大象的鼻子越疼,越想喝水。前面又有点水雀叫了。它想:"刚才是我听错了。"又向前面走去。"砰咚"一声,大象从石崖上跌下去了。原来,点水雀是在石崖下面叫的。

因为有这个故事,我们傣家就有了一句成语:"绿豆雀能战胜大象,是依靠朋友的帮助。"

搜集整理:高立士、朱德普

选自《民间文学》

小鸡崽报仇

（贵州·苗族）

很久很久以前，有一只老母鸡带着一群小鸡崽，成天在寨边找虫虫吃。有一天，忽然从刺蓬里跳出一只野猫来，一下子把老母鸡咬死了。老母鸡在临死之前，"噢啊！噢啊"地嘱咐它的小鸡崽们说："孩子们，你们要记着啊！我是被野猫咬死的，以后你们长大了，要为妈妈报仇啊！"

小鸡崽牢记着老母鸡的遗嘱。后来它们长大了，就计划着去打野猫为妈妈报仇。有一天，他们就出发了。

小鸡崽走着走着，碰见一根缝衣针。缝衣针问道："小鸡崽，小鸡崽，你们到哪里去呀？"

小鸡崽说："野猫把我们的妈妈咬死了，我们去打野猫，为妈妈报仇！"

缝衣针说："要我去一个吗？"

小鸡崽说："你细眉细眼的，要你去做哪样？"

缝衣针说："要我去嘛，要我去有用处！"

小鸡崽想了一想说:"好,那就请你跟我们去吧!"

于是缝衣针高高兴兴地跟着小鸡崽走了。

小鸡崽走呵走呵,遇见一堆牛屎。牛屎问道:"小鸡崽,小鸡崽,你们到哪里去呀?"

小鸡崽说:"野猫把我们的妈妈咬死了,我们去打野猫,为妈妈报仇!"

牛屎说:"要我去一个吗?"

小鸡崽说:"你扁头扁脑的,要你去做哪样?"

牛屎说:"要我去嘛,要我去有用处!"

小鸡崽想了一想说:"好,那就请你跟我们去吧!"

于是牛屎高高兴兴地跟着小鸡崽走了。

小鸡崽走呵走呵,遇见一只螃蟹。螃蟹问道:"小鸡崽,小鸡崽,你们到哪里去呀?"

小鸡崽说:"野猫把我们的妈妈咬死了,我们去打野猫,为妈妈报仇!"

螃蟹说:"要我去一个吗?"

小鸡崽说:"你横七竖八的,走路都不会,要你去做哪样?"

螃蟹说:"要我去嘛,要我去有用处!"

小鸡崽想了一想说:"好,那就请你跟我们去吧!"

于是螃蟹高高兴兴地跟着小鸡崽走了。

小鸡崽走呵走呵,遇见一根棒槌。棒槌问道:"小鸡崽,小鸡崽,你们到哪里去呀?"

小鸡崽说:"野猫把我们的妈妈咬死了,我们去打野猫,为妈妈报仇!"

棒槌说:"要我去一个吗?"

小鸡崽说:"你短杵杵的,要你去做哪样?"

棒槌说:"要我去嘛,要我去有用处!"

小鸡崽想了一想说:"好,那就请你跟我们去吧!"

于是棒槌高高兴兴地跟着小鸡崽走了。

小鸡崽走呵走呵,遇见一颗毛栗。毛栗问道:"小鸡崽,小鸡崽,你们到哪里去呀?"

小鸡崽说:"野猫把我们的妈妈咬死了,我们去打野猫,为妈妈报仇!"

毛栗说:"要我去一个吗?"

小鸡崽说:"你毛头毛脑的,要你去做哪样?"

毛栗说:"要我去嘛,要我去有用处!"

小鸡崽想了一想说:"好,那就请你跟我们去吧!"

于是毛栗高高兴兴地跟着小鸡崽走了。

现在小鸡崽有了长啦啦的一大队朋友,它们挨挨挤挤地向着野猫家走去。因为它们有的走路比较缓慢,当它们走到野猫家的时候,已经是大半夜了,野猫已经闩上门呼呼地睡去了。"怎样下手打野猫呢?"小鸡崽有些发愁起来。但它们的朋友却不发愁,它们都安慰小鸡崽,并对小鸡崽如此这般地说了一阵,小鸡崽高兴得连声说"好!好——"于是它们立刻部署起来。

牛屎走到门槛下躺着。

棒槌爬到门坊上去蹲着。

小鸡崽把野猫的房子前前后后包围起来。

然后缝衣针上前去噼噼啪啪地敲门："爸亮①，爸亮，开门，开门！"

它叫了一阵，才把野猫叫醒。野猫在被窝里有气无力地问道："是哪个？"

"是我。"缝衣针回答。

"你是哪个吗？"

"我是缝衣针！"

"夜半三更，你敲门做什么？"

"我走夜路，累得很，请你来开开门，我想到你家来借个板凳歇歇气。"

"板凳放在火坑边，你自己从门缝里钻进来吧。我懒得起来。"

于是缝衣针从门缝钻了进去，爬到板凳上直直地插着。

隔了一会儿，当野猫刚迷迷糊糊地入睡的时候，毛栗又上前去噼噼啪啪地敲门："爸亮，爸亮，开门，开门！"

野猫好不耐烦。"是哪个？"它生气地问。

"是我。"毛栗回答。

"你是哪个吗？"

"我是毛栗！"

"夜半三更，你敲门做什么？"

"我在山上冷得很，请问你家里有没有火？请你起来开开门，让我进去烤烤火。"

"火坑里有火，你自己从脚地洞钻进来吧。我懒得起来。"

---

① "爸"即是父亲，"亮"即是野猫，在这里"爸亮"即"野猫伯伯"或"野猫叔叔"的意思。

于是毛栗钻进野猫家去了，它跳进火坑，用热灰把自己裹起来。

隔了一会儿，当野猫刚刚发出鼾声的时候，螃蟹又上前去噼噼啪啪地敲门："爸亮，爸亮，开门，开门！"

野猫又被吵醒了，它大发脾气，骂道："是哪个又在敲门？"

"是我，螃蟹！"

"夜半三更，你还在敲我的门干什么？"

"我口渴得很，请问你的缸子里有没有水？请你起来开开门，让我进去。"

"缸子里有的是水，你自己从水缸底下的地洞爬进来吧。我懒得起来。"

于是螃蟹跳进野猫的水缸里去了。

这一夜野猫简直没有睡好，它气极了。这时它把被子狠狠地搭在头上，盖得紧紧密密的，它下决心："不管哪个敲门，我也不理了！"

殊不知它刚刚躺下的时候，外面又喊声大作：

屋前："爸亮，爸亮，开门，开门……"

屋后："爸亮，爸亮，开门，开门……"

屋左屋右："爸亮，爸亮，开门，开门……"

高的声音，低的声音，粗的声音，细的声音，交织成一片……

野猫再也不能睡着了，它掀开被窝，高声地大骂道："是哪个又在吼闹？"

小鸡崽们一齐回答道："是我们，爸亮！"

"你们是哪个？"

"我们是小鸡崽，爸亮，我们特地来看你老人家！"

野猫听说小鸡崽来看它，马上转怒为喜。它想："好，这真是飞来的福气!"于是翻身爬起,嘴里连连说道,"啊哟,是小鸡崽!你们来啦?屋里黑得很,等我把火烧好,再请你们进来吧!"

它披上衣服,踏着两只鞋,拖拖拉拉地来到火坑边。它手里用火钳拨着火坑,嘴里"噗噗"地吹着那星星的火种。这时毛栗忽然"嘣"的一下子炸开来。火花呀,热灰呀,扑得它满脸都是,野猫的眼睛塞满了火种,睁不开啦。

野猫想用水来洗洗眼睛,就瞎摸乱窜地跑到水缸边。当它刚刚伸手进缸子里舀水的时候,螃蟹一下子夹住它的爪爪。野猫"哎哟"大叫一声,痛得直蹦跳。

野猫挠了这两下子,痛得昏头昏脑,站也站不稳了。它想到板凳上去坐坐。可是当它刚刚坐下去的时候,缝衣针对准它的肛门猛力一刺,一直刺进它的肠子里去。这下子野猫痛得真厉害,马上昏死过去。

好久好久以后,它才苏醒过来,它想:"今夜这里真有鬼啦!我赶快跑出去吧。"于是它打开大门,往外就跑,殊不知它双脚踏着了牛屎,"吧嗒"一声,四脚朝天跌在地上。

这时门坊上的棒槌,朝着野猫的肚子,狠狠地打下来,又紧紧地压住它,不让它逃跑。

现在小鸡崽们蜂拥上前,你啄一口,我抓一爪,不一会儿工夫,就把野猫撕得稀稀烂烂的。

小鸡崽们把野猫打死了,为妈妈报了仇。小鸡崽们非常感谢朋友们的帮助,它们把朋友一一送回家去,然后才回到自己的寨子来。

整理:唐春芳

选自《中华民族故事大集》

蚂蚁虫拉倒泰子山

(宁夏·回族)

从前,一家人养了三个儿子,大儿子上山当和尚,二儿子在家务农,三儿子入学念书。三儿子叫三旦,生得端正,长得胖实,文才也好。一天,三旦去上学,半路上碰到一只青蛙,一条腿不知怎么折了。三旦看着怪可怜的,就把自己的手巾扯了一绺给包扎好,又怕讨路人踏,就放到路边的一个土窑里。天黑下学了,三旦回家时,去土窑一看,青蛙还在那儿,嘴一张一张,想是渴了、饿了。三旦掏出吃剩的馍馍试着喂,青蛙一嘴一疙瘩,吃得很好。从此,三旦每天带的干粮都喂了青蛙,还用小瓶带水给青蛙灌,不多日,青蛙的腿好了,也不往别处跑,越长越大,越大越能吃。三旦拿的干粮一天比一天多,自己也不吃,全部喂了青蛙。

日子久了,三旦渐渐消瘦下去。妈妈心疼地问:"你一天拿那么多吃的,为啥越吃越干?"三旦不敢实说,就编了谎:"穷同学很多,送给他们吃了。"妈妈说:"我娃心善是好的,隔天多多拿些给穷娃娃们吃。"此后,三旦每天拿的吃的成倍地增加,但他的身体总是干干瘦瘦。

一天，三旦前头走了，爸爸远远地跟在后头看。三旦走到半路，从一条斜路过去。爸爸跟过去。转过弯，看见三旦进了一个土窑。爸爸悄悄走到跟前往里一看：筇篮①大一个青蛙，嘴张得簸箕大，三旦正把馍馍往那大嘴里喂。他吓昏了过去，好一会才醒来，回到家里就磨开刀了。下了晚学，三旦去看青蛙。青蛙说："救命恩人啊，你回不成家了。"三旦问："为啥？"青蛙说："你爸爸磨了把快刀，要杀你我。"三旦问："那咋办呢？"青蛙说："我背你逃命吧。"青蛙把三旦背过一座大山说："为了报答你的救命之恩，我双腮有两个蛋，你掏着去吧。这两个蛋一真一假，不管啥东西死了，用真蛋一挨就活了；假蛋不行。"临别时青蛙叮咛："记住，万样的虫你能救，唯有黑头虫救不得。"

三旦拿着宝蛋，走着走着，碰见一条死蛇，他用蛋一挨，蛇活了。又走着，碰见了一只死老鼠，用蛋一挨，老鼠活了。又走着，碰见几只死蚂蚁，用蛋一挨，蚂蚁活了。还救活许多动物，有的连名字也叫不上。

一天，他走过一个河湾，发现一个死人。他用蛋一挨，这人活了，他马上反咬一口："你把我的东西抢去，还把我打死！"三旦说："是我把你救活的！"这人改口说："那你用什么办法救活我的？"三旦拿出两个蛋，把真情说了。这人连忙说："救命恩人啊，我没法感谢你，咱们结拜为弟兄吧。"三旦说："能行。"问了年龄，这人为兄，三旦为弟。拜哥把宝蛋要上玩弄着，二人上了路。走到一个僻静处，拜哥把拜弟骗到一个深洞跟前，说："你看这洞底有个啥怪物？"拜弟上前一看，洞深无底，猛不防，被拜哥一把搡了下去。

拜哥满心欢喜地把宝蛋拿上到了京城。皇上的儿子刚死了，他想，

---

① 筇篮：扁圆状竹编器物。可盛粮食。直径大小不等。

这正是用宝蛋的机会。就喊着进给了皇上，皇上就封他做了宰相。

再说三旦被拜哥操下深洞后，并没伤着。他在底下转来转去，只有水流出去的窄缝，没有人通过的出口。到了第三天，有两个人从附近经过，隐约听见"救命救命"的喊声。他们便放下一根绳，把三旦吊了上来。两个问缘由，三旦一五一十说了。那两人很同情三旦的遭遇，给了些吃的，便分手了。

一天，三旦乞讨到了京城，在大街上行走。恰好宰相坐轿出巡看见了，认出是拜弟三旦，心中一惊，马上生出一计，命令差役把叫花子押起来，不要玷污皇城。宰相有意把他饿死灭口，便把三旦押进了牢房。老鼠发现了，说："救命恩人呀，你咋到了这里？"三旦说了缘由，老鼠就把吃的拿来让三旦吃。而且把真宝蛋用假宝蛋偷换了回来，还给了三旦。蛇发现了说："救命恩人呀，你咋到了这里？"三旦说了缘由。蛇说："你不要愁，我能救你。"三旦问："怎么救？"蛇说："明天公主游花园，我咬她一口，只有新白布蘸凉水才能治好。"

第二天，公主真的去游花园，被毒蛇咬了，百药无效。皇上着了急，发出告示，谁能治好就招为驸马。三旦扬言，他能治好。狱子报告太监，太监禀奏皇上，皇上传旨让三旦入宫治疗。三旦就用白布蘸凉水给公主洗了三遍，公主的蛇伤果然好了。

三旦治好了公主的病。宰相怕三旦成了驸马，揭了他的老底，就乘机献上了毒计："给他三升谷子，三升胡麻，合在一起，到天亮如能分开来，就招他为驸马；不然，就问罪杀头。"这话正合皇上的心意，就准奏并派宰相做监督官。宰相把三升谷子和三升胡麻和匀，要三旦一夜工夫分拣出来，才能成婚，不然就要杀头。三旦发了愁，蚂蚁虫儿说："你不要愁，放心睡觉去。"第二天早上，谷子、胡麻分得清清儿的。宰相见一计不行，又生一计，后花园有棵大树，他限三旦三天拔出，如此才能和公主成婚，不然就要杀头。三旦正蹲在树下发愁呢，这两人合抱的大树，谁能拔动？啄树虫儿来了，说："你不要愁，到第三天你拔就是了。"啄树虫儿召集了亿万亲族，把树根全部咬断了，到了第三天，三旦来一推，树就倒了。宰相得知，心里大犯嘀咕，吓得六神不宁。联想到宝蛋，莫非这小子有神仙助力？更加害怕。他又想，再有神力，山是动不了的。就传令，限三旦七天把京城外十里的泰子山喊倒，成功了才能成婚，不然定斩不饶。三旦到山上察看了一下，愁得不行，就躺到山坡上思谋。想着想着，迷迷糊糊睡着了，梦见牛大的一只蚂蚁对他说："救命恩人，你不要犯愁，只要拿把锹，在山周围走一圈，走一步，挖一锹，到第七天，你来只喊三声'倒'，山就倒了。"三旦又惊又喜。三旦醒来，照样做了，到了第七天，宰相私派爪牙，监视三旦喊山。三旦到了山下，大喊一声"倒"！山没动，爪牙们暗暗高兴。三旦再大喊一声"倒"！山还是没动，爪牙们挤眉弄眼，嬉皮笑脸。三旦使尽力气，又大喊一声"倒——"高高的泰子山应声轰隆隆倒塌下来。原来无数蚂蚁虫把山底拉空了。这就叫"蚂蚁虫儿拉倒泰子山"。

　　皇上听说三旦喊泰子山，就和文武大臣一齐来看热闹，这一看惊呆了。宰相更加害怕，就对皇上说："这人一定是妖人，不如早些把他杀了！"三旦不等皇上开口，就抢着把他如何得宝、遭害的过程说了一遍，并寻来几只死蚂蚁，当场验证宝蛋。宰相拿着假宝蛋咋也救不活蚂蚁，三旦的宝蛋只是一碰，那几只蚂蚁就跑走了。宰相被拉出去斩了，三旦进宝有功，被封为进宝状元，又招了驸马。

讲述：李春旺
采录：冯文　杜晏玲
选自《中国民间故事集成·宁夏卷》

屋 漏

（辽宁）

有这么老两口子挺穷，养一条毛驴精瘦，住两间小房子稀破，在炕头上坐着能瞧得见天上的星星月亮。一遇着阴天下雨，地上漏，炕上也漏，漏得老两口没处藏没处躲的。他俩就叨咕：

"天不怕，地不怕，就怕屋漏！"

这天半夜，天阴得黑水灵灵的。老两口犯愁了，就又念叨：

"天不怕，地不怕，就怕屋漏！"

这工夫，有一只老虎趴在房前牲口槽子底下，想等老两口睡着了偷驴吃。它一听屋里说天不怕，地不怕，就怕屋漏，可就犯了难。我怕天，天打雷能把我击死；我怕地，地发水能把我淹死。这人天也不怕，地也不怕，就怕屋漏，想必这东西比人、比天地还要邪乎。可这屋漏是啥样的呢？

老虎正胆突突地琢磨，来了个小偷也想偷驴，黑灯瞎火地一摸，摸到了老虎身上。老虎一想：我这老虎屁股从来就没人敢摸，是啥老大胆子竟敢摸到我身上来了？妈呀，八成是屋漏吧？

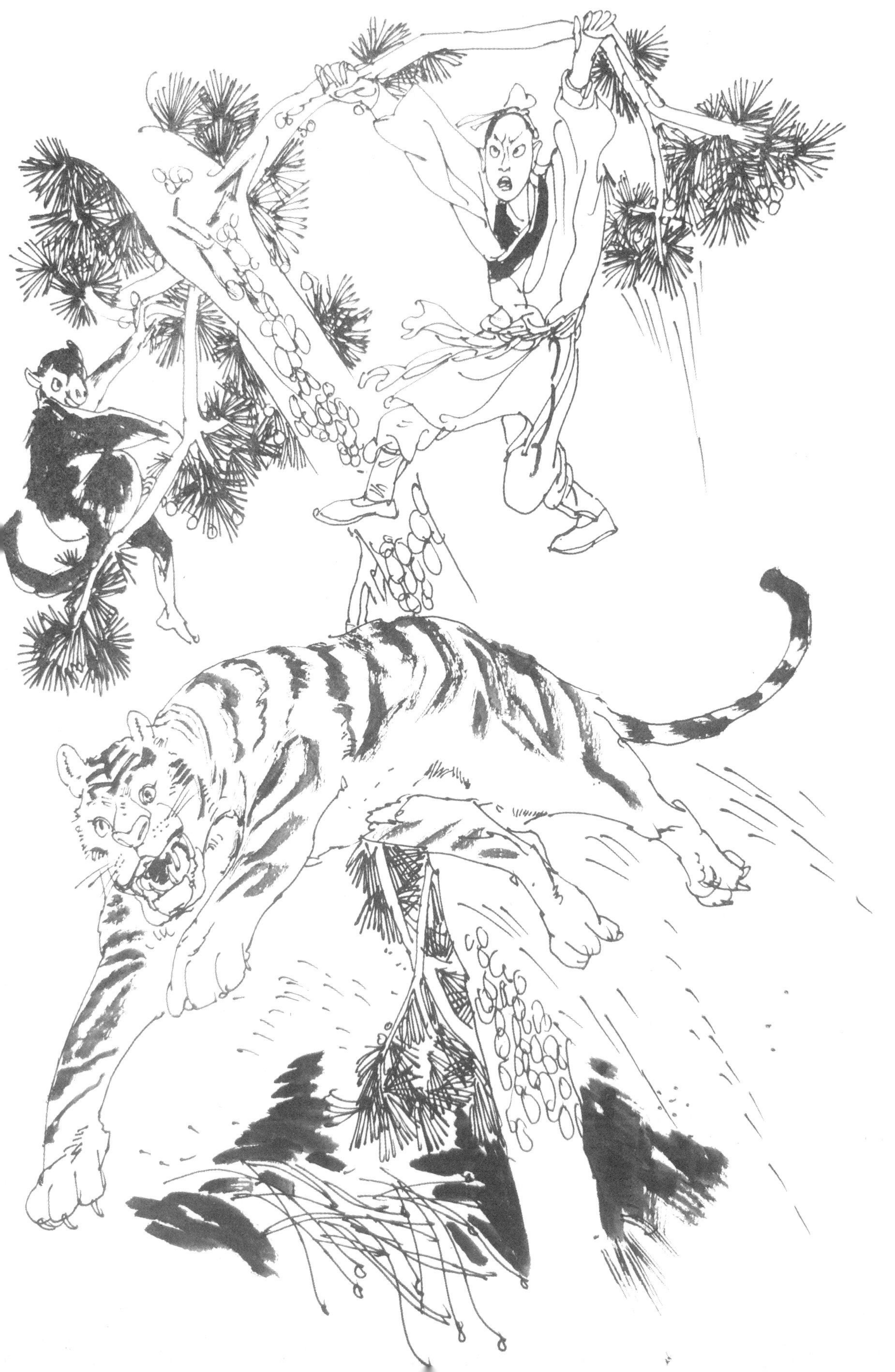

小偷一摸这"驴"挺肉乎怪肥的，他就想解开缰绳拉走。他东一把西一把胡撸了一气，没有摸着缰绳在哪里，就想：这驴八成是散逛没拴，骑上走呗！小偷一偏腿就骑到老虎身上了。

老虎害怕正想走，小偷"唏儿"一下把它骑上了。老虎暗叫一声天哪，可不好喽，"屋漏"黏在我身上啦，快逃命啊！"噌"，蹿起来撒腿就跑。

小偷一看"驴"毛了，吓得死命抓住虎脖领子皮，闭上眼睛任它跑，只听得耳边呼呼风响。小偷心想，这驴可不是一般的驴，大概是一匹千里驹，这下子活该我走运要发大财了。

老虎驮着小偷没命地跑，跑到天蒙蒙亮，钻进一片老林。见"屋漏"黏糊糊地骑在身上咋甩甩不掉，它就贴着大树跑，想把小偷颠下去。

天亮了。小偷一瞅骑着老虎跑了一宿，当时就吓麻爪儿了。他想下来，老虎接着搂着他跑，下不去，这才叫骑虎难下呢。小偷正着急，见老虎进了老林往树上靠，便抓住树枝一悠，爬树上去了。

老虎见把"屋漏"甩下去了，乐得够呛，怕再来撵它，便头也没回接着往前跑。老虎跑着跑着，遇见一只猴子。

猴子一瞅老虎那呼哧带喘的样儿，问："虎大哥，虎大哥，你跑啥呀？"

老虎说："屋漏撵上来啦！"

"屋漏，啥叫屋漏？"猴子问。

老虎就把怎么来怎么去说了。

猴子一听情景就猜摸出屋漏像人，可它没说破，想在老虎面前显示显示自个儿的能耐，又问：

"虎大哥，屋漏在哪？"

"那边林子里。"

"能领我去瞧瞧吗?"

老虎吓一跳:"我可不敢啦!"

猴子一笑,说:"别怕嘛,小弟我专门整治屋漏。"

"你可拉倒吧!就凭你那尖嘴巴猴的样子,还有那能耐?"

"唉,人不可貌相,海水不可斗量,谁还能调理你咋的!"

老虎想了想,说:"你猴奸猴奸的,我领你去了,到那里再治不了屋漏,你掉屁股一跑,扔下我咋整?不去,不去!"

猴子眨巴眨巴眼,说:"你怕我把你扔下,咱拿条绳子,那头拴在你的腰上,这头绑在我的脖子上,我不就想跑也跑不了吗?"

老虎说:"中。"

它们俩拿绳子拴好了,一齐来到树下。

猴子往树上一瞅果真是人,它就想把小偷抓下来送给老虎。

小偷见老虎领个猴子来抓他,吓得往树尖爬。可猴子爬树比人快,三抓挠两抓挠就撵上了,上去一爪子就把小偷的裤子给拽了下来。小偷吓拉了稀,"哧喽",浇了猴子满身满脸,臭得它大叫一声:

"哎呀,漏啦!"

老虎一听漏来了,吓得掉屁股就跑,一顿跑就把猴子给勒死了。等它跑不动收住脚,回头一看,猴子被勒得龇牙咧嘴的样儿,气坏了,说:"尖嘴猴子呀尖嘴猴,你猴奸八怪的真不可交。我累得够呛,你还在那儿龇牙乐呢!"

讲述:薛天智

搜集整理:刘敏

选自《薛天智故事选》

樵 哥

（湖北）

从前，山里有户人家，只有母子俩，妈妈瞎了眼，儿子每天上山砍柴侍奉母亲，别人就叫他"樵哥"。一天，樵哥早起上山，妈叫他提防狼虫虎豹，莫攀陡壁悬崖，千嘱咐，万叮咛。樵哥劝她放宽心在家歇着，拿着弯刀、钎担出了门。日头偏西的时候，他挑柴下山，路过半山腰的小石坪，放下担子歇气。凉风一吹，不觉打起盹来。猛然间，传来一阵吼声，一只老虎扑到他跟前来。樵哥长到十几岁没见过老虎，睁眼一看，吓昏了。过一会儿醒过来，只见老虎端端正正地坐在他面前，身上的扁担花都数得清楚。心想："老虎扑到我跟前，又不伤害我，好奇怪呀！"就壮胆说起话来："畜牲，你是不是要吃我？"老虎摆头。樵哥又问："畜牲，你是不是有什么为难之事要我帮忙？"老虎点了三下头，接着把口张开。樵哥起身走拢去一看，老虎喉咙里插着三根扦子，原来是吃豪猪子被刺卡了。他想把手伸到虎口里去拔，试一试又缩了回来。后来把砍柴的弯刀伸进老虎嘴里去慢慢钩，费了好大工夫才把三根刺钩出来。老虎吐出一大口乌黑乌黑的淤血，对樵哥摇摇尾巴，大吼一声，一蹦几丈远，回山去了。

老妈妈正在家里眼巴巴地望樵哥回来，嘴里念着："我儿每天都是日偏西打回转的，今天太阳下了山，怎么还不见人？莫不是跌伤了腿脚，遇见了老巴子①？"正着急时，樵哥挑柴进了屋，进灶屋端一碗锅巴粥，一边吃，一边讲着帮老虎挑刺的事。母子俩都觉得这事实在稀奇。半夜里，忽然听见屋山头脚板翻叉，接着"嘣咚"一声，好似一块大石头滚下山来。妈妈怕是崩山，赶快把樵哥叫起来，点着桐油灯去察看。打开门，只见山坡坡上坐着一只老虎，两只眼睛像灯笼闪亮。再看地上，原来是一头大肥猪。樵哥说："妈，你老莫怕，是我救的那只老虎送猪来了！"老妈妈摸出门来说："老巴子，你真有良心。我一生一世只有樵哥这根独苗子，你要是通人性，到我家来做个老二，两弟兄互相帮衬，那该有多好啊！"老虎听了从坡上走下来，围着老妈妈打旋，尾巴直摇。以后它就真的留在这户人家里，隔几天从山里衔些野物回家。他们自己吃一些，也卖一些。樵哥上山砍柴，它就坐在门前同老妈妈做伴，他们的日子慢慢过好了。

一天，老妈妈摸着虎老二的头，叹气说："老二，有你帮忙，家里的日子是过好了一点，就是你哥十八九岁了，缺一个嫂子。穷家小户，什么时候才能娶上媳妇啊！"老虎听了这话，转身就不见了。樵哥打柴回来，不住地埋怨他妈："你老真是个心不知足，本来过得好好的，就是你老一句话把兄弟气走了。"

老虎翻过几架山，来到外县地界。两个员外家结亲，人夫轿马，鼓乐炮仗，好不热闹。等花轿经过僻静山坳时，老虎突然从草林子里蹿到大路上，抬轿担礼、送亲迎亲的，吓得连滚带爬，都逃散了。老虎把轿

---

① 老巴子：老虎。

门扒开,衔住新娘的一只胳膊,头一摆,把新娘子驮在背上就跑。跳沟越岭,半天就跑了一百多里路,天煞黑时闯回家来。妈妈听说老二衔了个人回来,喊叫道:"我的天,你这个畜牲怎么野性不改,这样作孽呀!"姑娘早吓得人事不省。一摸身上,还好,一没伤口,二没血迹。妈妈叫樵哥赶紧烧姜汤把她灌活。姑娘醒过来,看见那只老虎坐在身边,吓得哭喊起来。老妈妈说:"这个老巴子是我家老二,它心肠好,不伤人,你不要怕它。你要是不嫌我家贫寒,就留在这里过日子,给我老大做媳妇吧!"姑娘见老人家慈祥厚道,樵哥憨厚老实,一表人才,她本不愿嫁给原先许配的那家人,就含笑答应了。老虎看见哥哥娶了亲,妈妈有嫂子做伴,也归山了。

姑娘被老虎抢走以后,两个员外到县衙门里打起官司来。男家告女家起心不良,另择了高门大户,半路上把女儿嫁给别家了。女家说花轿出门,姑娘就成了婆家的人,想必是婆家嫌丑爱美,半路上把姑娘卖了。两亲家公说公有理,婆说婆有理。活不见人,死不见尸,县官也断不下来。过了大半年,风言风语传开来,说山那边出了件新鲜事,老虎抢了个新娘子给山里人做媳妇。两个员外又到这县来打官司。县衙门的差狗子把樵哥抓去过堂,要办他强抢民女的大罪。老妈妈心急火烧,一日三遍摸到旁边的山坡上哭喊:"老二呀老二,你哥遭了冤屈,赶快回来救救他呀!"

樵哥在堂上把前因后果照直说了。县官不信,抓起惊堂木狠狠一拍:"胡说!世上哪有老虎抢亲的事!除非你把老虎叫来作证。"哪晓得老虎果真下山来了。听说县官要断老虎案,县城里人山人海看稀奇。老虎进街,人们都吓得像燕子飞一样把路让开,躲在店铺里,掀开门缝朝外瞧。老虎大摇大摆走进县衙门,坐在樵哥身边候审。樵哥说:"这就是我的虎兄弟,姑娘是它抢来的。请大老爷明断!"县官在堂上吓得浑身筛糠,手脚打战,说木已成舟,把姑娘断给樵哥了。老虎送樵哥回家,看了一下妈妈和嫂嫂,出门就没影了。

才过了三年太平日子,辽兵侵犯中原,兵荒马乱,皇上出榜招贤,要选能人带兵。樵哥进城卖柴买米,见许多人围在县衙门前看榜,也挤进去看热闹。听人说辽兵打进中原,奸掳烧杀,糟害黎民百姓,就凭着血性把榜揭了。看榜的差人见他膀粗腰圆,仪表堂堂,一定是山里的能人,马上前呼后拥,请到县衙门里设酒宴款待;樵哥以为揭榜是去当兵,一打听,皇帝出榜是招领兵之帅。军情似火,十天之内就要进京领旨。他回到家里,为这事急得茶饭不沾。还是媳妇说:"我们山里不是还有个兄弟吗?何不进山找它帮忙呢!"樵哥带了几个粑粑进山,在荒山野岭边走边喊:"老二呀老二,我是樵哥!我是樵哥!"找了三天三夜,来到一个大岩屋下,到底找到了那只老虎。樵哥讲了揭榜情形,说:"你能帮我领兵打仗,就跟我下山!"老虎见了他摇头摆尾,十分亲热。伏在地上,让樵哥骑着,一阵风奔下山来。回到家,全家人欢天喜地。媳妇说:"老二,你哥只有一把砍柴的苕力气,哪里会带兵打仗?这一回全仗你出力了!"老虎在嫂嫂面前连连点头。

进京以后,樵哥领旨挂了帅印,带着人马赶赴边关。虎老二披红挂彩,领着几百只老虎威风凛凛地跟在后头。到了两国交兵的地方,还没安营扎寨,辽兵就冲杀过来。樵哥带兵从左右两边打包围,虎老二大吼一声,发起虎威来,领着几百只老虎迎头冲上去。辽兵被老虎抓的抓死,踏的踏死,剩下的残兵败将,一个个哭喊着逃命。老虎兵上阵,就像猫赶老鼠一样,敌人望风就逃,不战而退,被侵占的中原地方都收复了。

打了胜仗,班师回朝。皇上嘉奖樵哥,封他做平辽王。樵哥替老虎讨封,说:"这回打胜仗多亏我那虎兄弟。"皇上便封老虎做山林之王,老虎不能像人一样受封，当朝宰相便奏请皇上御笔写了一个"王"字，贴在它的头上。樵哥不愿在京城做官，对皇帝说："老母在堂，我要回家养老送终。以后边关有事，我们两兄弟再来为国家报效出力。"就骑在老虎背上回到山里老家来了。那只老虎呢，进山做它的山林之王去了。

讲述：郑家福

采录：刘守华　丁岚

选自《中国民间故事集成·湖北卷》

附记：

  鄂西关于"义虎"的故事较多，如来凤县吴万清讲述、管礼学采录的《老虎报恩》，讲一只从岩上跌落在树丫上的花斑老虎被母子二人所救，衔来大肥猪报恩，因而引起一场官司的故事。又有徐国正讲述的《人虎缘》，在老虎衔猪报恩的情节之外，还加上老虎将县官之女抢来给小伙子做媳妇的情节。并说十多年后，县官升任府官，将女儿、女婿接走；还接见老虎，说："只要你们今后不伤害人命和牲畜，去吃野猪豺狼，许你们每只老虎每天都有四两肉。"结尾道："直到如今，民间传说一府只有两只老虎，每只老虎每天只需四两肉，吃了一餐，不管半月管十天，并且不乱伤害人畜。"《樵哥》的讲述者说，这个故事开头有两种说法，一是老巴子吃豪猪，被刺卡了喉咙；另一说是它吃了一个女人，被女人头上的金钗卡了喉咙。除上述以外，还有长阳的《义虎》《老巴子求医》，以及清人《容美记游》中所述的人化虎故事、土家族崇敬的白帝天王三弟兄遭难后化为三只白虎的传说等。

白水素女（田螺姑娘）

在晋安郡的侯官（今福州市）这个地方，有一个叫谢端的小伙子。他从小就父母双亡，孤苦伶仃，由邻居抚养成人。长到十七八岁，为人勤谨恭顺，安守本分。当初自立门户时，因单身一人，邻居都很同情他，好意劝他娶媳妇，却一时找不到合适的对象，没有办成。谢端起早睡晚不分日夜，辛苦劳作。有一天，他在县城角落里捡到一个大田螺，形状像三升大的水壶。他觉得很稀罕，十分难得，看作一件宝物，带回来蓄养在坛子里。这样过了十多天。

谢端下地耕种，起早睡晚。一天从地里回来，只见饭菜汤水都安排齐备，好像有人进屋来帮他干过家务活。他以为是邻居热心相助，当下并没有去细心追究。后来接连好几天都是这样，他实在过意不去，便去向邻居道谢。哪知这位邻居的大嫂说道："我并没有做这样的事，怎么接受你的谢意呢？"谢端再三追问，邻居大嫂笑着说："你娶了媳妇，把她关在屋里，为什么还要到我们这里寻找帮你烧茶煮饭的人？"谢端听了，心里好生奇怪，一时弄不清其中的缘故。

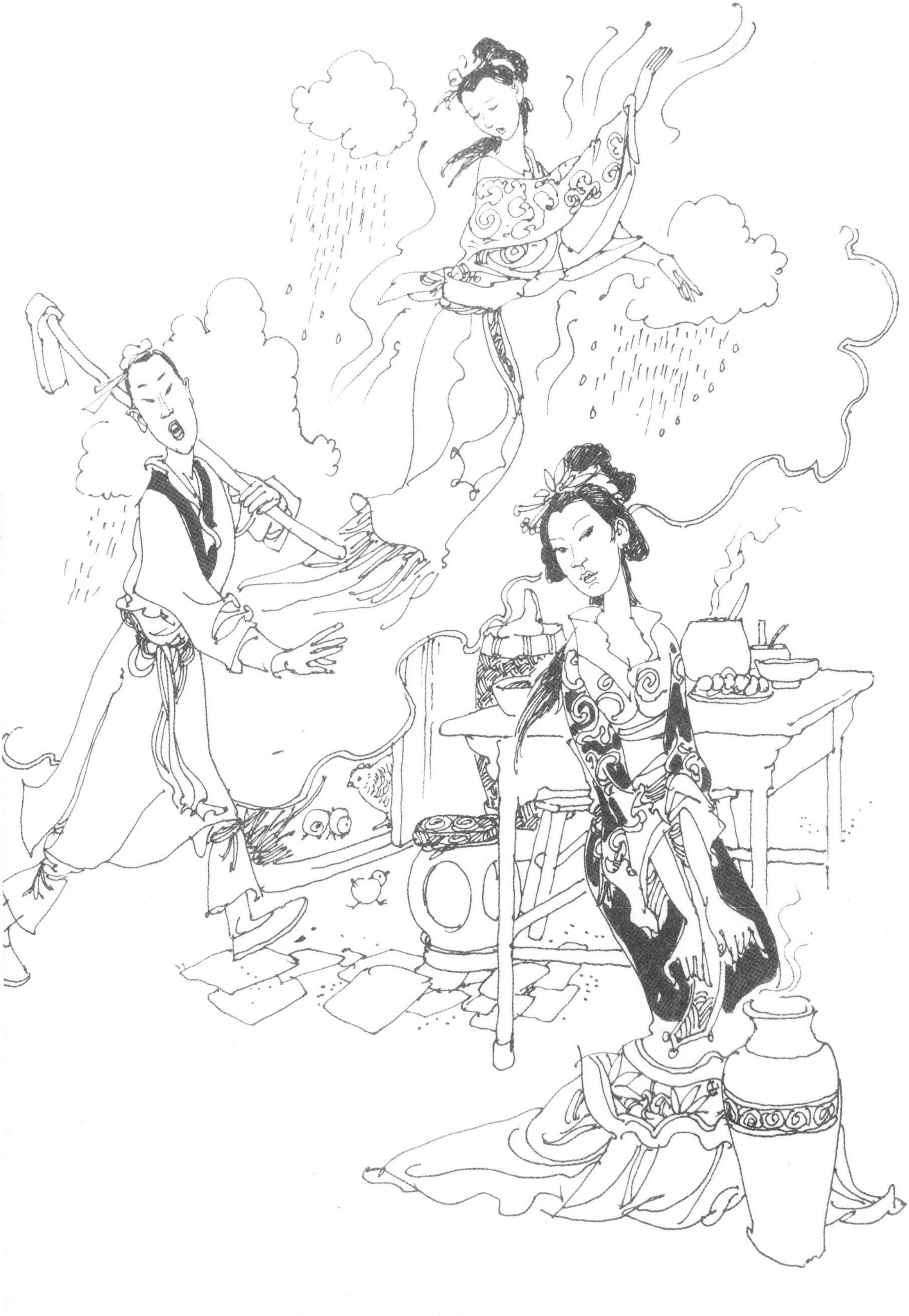

后来谢端在鸡叫时就下地，早早收工，悄悄回来，站在篱笆外面偷看家里的情形。只见一个少女从坛子里走出来，手脚麻利地到灶下去烧火做饭。谢端进门后就去察看坛子里的田螺，只剩下一个螺壳了。他便走到灶前去问那女子："小姐从哪里来，为我做饭？"女子见一个陌生男子突然出现在自己面前，立刻现出惊惶不安的样子，想回到坛子里去。谢端把她拦住，她才告诉谢端："我是天上银河中的白水素女，天帝同情你孤苦伶仃，又守本分，就派我暂且为你守屋做饭。十年之中使你家道富裕，娶上妻子，我便回去。可是刚才被你无故偷看，真形已现，不便再居留人间，只得离开这里。不过你只要辛勤耕作，打鱼砍柴，以此为生，日子会越过越好。螺壳留给你，用它来盛米谷，会永不空乏。"谢端听了十分懊悔，再三请求她留下，她最终没有答应。这时天空忽然风雨大作，素女在风雨中飘然离去。

　　谢端给素女立了一个神座，四时八节，按时祭祀。他后来虽然没有变成豪富，生活却逐渐富裕起来，娶了乡人的女儿做妻子。后来他还当上了县令。现在路旁的素女祠就是谢端留下的。

（晋）陶潜《搜神后记》
刘守华　译写

叶 限（灰姑娘）

南人相传，秦汉前在吴洞①这个地方，洞主吴氏，娶了两个妻子。前妻死去，留下一个女儿叫叶限。叶限姑娘从小聪明伶俐，各式各样的活路一学就会，特别会在沙里淘金，深受父亲喜爱。到年终时，不幸父亲又病逝，从此叶限遭到后妈的虐待，吃尽了苦头。后妈常常要她到悬崖峭壁上去砍柴，到深深的山沟里去汲水。

有一天，叶限在打水时捉到一条两寸多长的小鲤鱼，金眼睛，红背脊，十分可爱。叶限把它带回来偷偷地放在木盆里，用水养起来。这鱼一天一天长大，换了几个盛水的东西，还是容纳不下它的身子，叶限只好把它放到屋后的池塘里去。每天叶限收集家里的残菜剩饭，倒在池塘里去喂它。只要听到叶限的脚步声，那鱼就很快地露出来，靠在岸边。别人走来，鱼就沉入水底不见踪影。

后妈得知这情形以后，曾经到池塘边去查看，一次也没有见到鱼的

---

① 吴洞：据广西蓝鸿恩先生考证，吴洞即今天的广西扶绥县。

影子。她便欺骗叶限道:"你太操劳了,我给你做件新衣裳穿。"借这个机会把叶限身上的那件旧衣服换到手。随后又叫叶限到几里外的一个山沟里去打水。这女人换上叶限平时穿的那件衣服,揣着一把快刀,来到池塘里装着要喂食的样子。那鱼立即游向岸边,被她抓住一刀砍死了。这时鱼已经长到一丈多长,后妈把鱼肉割下,烧煮来吃,味道鲜美超过常鱼许多倍。吃光鱼肉之后,她把鱼骨随便扔在粪堆底下。

第二天,叶限来到池塘边,再也看不到那条鱼了,便在野外号啕大哭起来。忽然,有个穿粗布衣裳、披着长头发的人从天而降,安慰她道:"好姑娘,你别哭了!鱼已经被你后妈杀死了,鱼骨埋在粪堆下面。你回家以后,可以将鱼骨取出来藏在自己的房间里,你需要什么东西,只要向它祈求,它就能给你办到!"叶限照他说的试了几次,不论金银财宝、衣服食物,都能够随心所欲地弄到。

一年一度的洞节到了,后妈带着自己的女儿,穿上新衣新鞋赶去,偏偏叫叶限留下看守庭院里的果树。叶限见她们走远,回到房间请求鱼骨给以帮助,换上翠绿色的绸衣,穿上闪光耀眼的金鞋,悄悄地也赶到那里。洞节上的男男女女都被叶限的美貌和盛装惊呆了。后妈的亲生女儿认了出来,对妈妈说:"这个姑娘不就是叶限姐姐吗?"后妈也疑心起来,对她看了又看。叶限发觉了这一情况,便挤进人群中避开后妈,急急忙忙赶回家里。一不当心,丢失了一只金鞋,被一个洞人拾去了。后妈回到家里,只见叶限抱着庭院里的果树在打瞌睡,也就打消了对她外出这件事的怀疑。

吴洞这地方靠近海岛。岛上有一个叫陀汗的国家,兵力强大,统治着好几十座小岛,水界达到数千里。洞人把捡来的那只金鞋卖到陀汗国,落到国王手中。国王叫身边的女人试穿,谁穿上都嫌小,就是最小的脚试穿,鞋子也还要小一寸的样子。随后国王叫国内的妇人来试穿,居然还是没有一个合适的。这只金鞋轻得像根羽毛,踩在石头上也没有一点声响。陀汗王怀疑卖鞋的洞人是用非法手段得来的,便把他关押起来严刑拷问。他一口咬定是捡的,不清楚这只金鞋的主人是谁。国王听了便想出一个新办法,把这只金鞋扔在大路旁,看它的主人会不会来寻找,还是没有结果。最后国王只好派人挨家挨户搜寻这只金鞋的女主人,发现有试穿合脚的女子,就抓住送进王宫。搜寻到叶限家里,让叶限试穿,不大不小正合适。叶限再穿上那件翠绿衣,简直就像天上的仙女下凡一样光艳照人。叶限把事情的前后经过一五一十都说了出来,国王十分高兴,下令将叶限和那枚具有神奇本领的鱼骨一起带回陀汗国去。叶限的后母和妹妹十分懊丧,出门去追赶叶限,结果被天空飞来的石头砸死。洞人可怜她们,把她们埋在一个石坑里,起名叫"懊女坟"。

陀汗王回国,封叶限为皇后。有一年,国王贪得无厌,不停地向鱼骨祈求,索要金银财宝。到第二年,鱼骨便失灵了,向它祈求,再也要不到任何东西了。国王于是把鱼骨埋在海岸上,在它旁边隐藏着百斤珍珠,又在四周砌上金砖,打算在征召士兵发动战争时用这笔财宝作军费。可是一天晚上海潮涌来,把它们都冲走了。

这个故事是我家里的老仆人李士元讲的。他是邕州那一带的人,记得许多南方的神奇怪异故事。

〔唐〕段成式《酉阳杂俎》

刘守华 译写